the end…

The End
완결
〈아.야™.이.야.기〉
vol.2

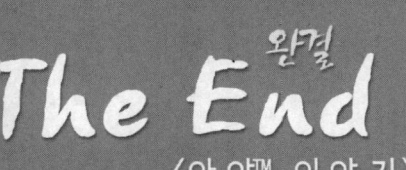

완결

The End

〈아.야™.이.야.기〉

vol.2

the end

the end

징검다리

초판 1쇄 인쇄 2003년 10월 6일 / 초판 1쇄 발행 2003년 10월 7일
지은이 아야™ (김향선)
펴낸이 박대용 / 편집, 기획 최선영 · 임혜란
인쇄 대정인쇄 / 출력 프레스파크

펴낸곳 도서출판 징검다리 / 등록 1998년 4월 3일 (제10-1574)
주소 서울시 마포구 합정동 426-1, 3층   (우) 121-886
전화 3143-1966 · 332-3880 / 팩스 3143-2757
e-mail zinggumdari@hanmail.net

ISBN 89-88246-65-9   89-88246-63-2(세트)

★38★

"… 이… 시우…."

"뭘 그렇게 뚫어져라 봐?"

"……."

"하하! 오빠 소리들은 게 꽤-충격이었나 보네?"

"……."

그냥 멍하니 바라만 본다.

"……."

"… 시우 너 많이 변한 것 같아. 키도 예전보다 더 큰 것 같고."

"어, 5cm정도 더 컸어."

"얼굴엔 살이 많이 빠진….."

"하하! 좀 못 먹어서."

"머리는….."

"잘랐어, 기분전환으로….."

"……."

"근데 나를 둘러 싸고있는 것만 변했지, 이시우 자체는 변하지 않았잖아."

"……."

내 쪽에서 먼저 말을 끊은 채로 시간이 흘렀다. 아니 말을 끊었다기보다 말이 나오지 않는다.

6

신경이 마비된 것 같다.

시우와 우리 집을 향해 걸어가고 있다.

"그동안 어디에 있었어?"

"지방에…. 서울엔 일주일전에 올라왔어."

"어디서 지냈는데?"

"뭐, 그냥 여기저기. 재환이 할아버지 댁에서 신세 좀 지고, 수원에서….."

"……."

"아, 얼마 전에 목동에서 나비 봤었는데… 나비가….."

"난, 너 정말 많이 걱정했어. 그때 갑자기 사라져버려서….."

"미안, 급한 사정이 있어서….."

"… 이제 완전히 돌아온 거야?"

"응! 시우 돌아왔다!"

생글생글_환하게 웃어 보이는 시우. 눈웃음은 예전 그대로였다. 어떤 말을 해야할지 모르겠다.

난, 시우가 돌아와서 너무 기쁘다. 하지만 지금은 무슨 말을 어떻게 해야할지 모르겠다.

"나중에, 나중에 다시 말하자. 시우야."

"그래."

"… 나 들어갈게."

"연락할게."

"응, 갈게."

빙긋_웃어 보이곤 아파트 현관으로 들어갔다.

엘리베이터를 타고 9층 복도에서 아래를 내려보니 시우는 아직까지도 그 자리에 서있었다. 그리고 멍하게 빤히 쳐다보고 있는 날 바라보곤 씨익_웃으며 발길을 돌렸다.

달칵_##

"다녀왔습니다."

"이제 오니? 와서 케이크 먹어."

"안 먹을래, 나 들어갈게요."

방안에 들어오자마자 바닥에 털−썩 주저앉았다.

따르릉 +☆

−여보세요?

=나.

-나가 누구야?

=나!

-아, 텐리구나. 왜?

=재환이 잘 갔냐고.

-응, 아참! 나 안 걸렸어?

=어, 선생들이 너란 존재를 모르나보다. 아무 말도 없던데?

-히히! 그래.

침묵이 흐른다.

=집이냐?

-어, 방금 들어왔어.

=그래, 집에 다 계시지?

-응? 우리부모님? 당연하지!! 근데 왜?

=너 또 무섭다고 하면 짜증나잖아!

-뭐--어! 짜증? 걱정마셔! 이젠 안 그래.

=그래도 넌 좀 불안하다.

-됐네요! 그것보다 너! 사실대로 말해. 내가 보고싶어서 전화
한 거지? 재환이는 핑계구!

=죽도 맞았을 때 기분 어떻든?

이 잡것이 또 때리려고 하네!!

-하하! 그, 그냥. 뭐….

=근데, 목소리에 힘이 없다? 무슨 일 있냐?

-아니, 그냥….

=신수연!

-저기, 텐리야.

=응?

-아, 아냐! 아무것도… 안자? 너?

=자야지.

-그럼 빨리 주무셔~! 학교에서 졸지 말고!

=그래. 그만 끊자! 잘 자라.

-응, 너두~.

★39★

+다음 날.

9

아침 일찍 집에서 나와 학교에 도착해 옥영이 반으로 바로 갔다.

"어? 아침부터 여긴 웬일이야?"

"그냥~ 아침부터 네가 너무 보고 싶더라고.♡"

"느끼하게 왜 그려! 근데… 너 무슨 일 있어?"

"일은 무슨 일! 그냥 보고싶어서 온 거라니까!"

사귄 지 얼마 되지도 않은 친구인데도 옥영이는 내 기분을 금방 알아차린다.

"아! 재환이가 연락한다고 전해달래. 언제 그렇게 발전하셨어

~~."

"뭐가~. 어?? 근데 너 좀 띠꺼운 표정이다?"

"당연하지! 남의 남편 가로채버린 년. 너 같으면 좋아하겠냐?"

"히히! 재환이하고 왜 이렇게 똑같냐!"

"부부는 일심동체라잖아~. 큭큭!"

"어? 수연아~♡♡ 지금 내 얘기하는 거야?"

천곱슬 등장이다.

대량의 하트 = 천. 곱. 슬 ☜이 공식 평생 잊지 못할 거다.

"아핫핫! 풍운아~ 아침부터 보니까 차─암 반갑다!"

"정말? 수연아♡나두~ 정말, 정말 반가버. 〉_〈♡"

"그 표정만 좀 자제했으면 더 반갑겠구나. 하하!!"

"어이~ 장풍운! 네 눈깔엔 난 안보이더냐? 나 너하고 같은 반이다!"

"웅♡아침부터 너 보면 재수 없을 것 같아서 모른척했는데 보고있었어?"

불쌍한 옥영양. 천곱슬의 무시까지 받게되다니!!

"아가야!! 이번 한번만 꾸──욱 참아준다!! 담부터 그딴 소리 지껄이면 니 입 가로세로 10cm씩 찢어버리는 수가 있다 이거야 알았어?"

꾹꾹_참는 저 모습!! 네 얼굴에 참을 인(忍)자가 보이는구나!!

"아! 장풍운, 너 정말 수연이 좋아하는 거냐?"

"어, 어이!! 이봐 옥영! 뭔 말이여~."

당사자 앞에서 그런 낯간지러운 말을.

"응!!♡"

'응'이라고 대답하는 넌 뭐냐. 이러면 난 정말 부끄럽단 말야
~~. 꺄아아아!!

-_-미안하다. 자제하겠다.

"우리는 운명이야."

"……."

"쉽게 끊어지지 않는 운. 명. 이. 야!♡"

"……."

「난, 우리가 운명이란 걸 믿어. 그러니까 쉽게 끊어지지 않
아.」

시우가 해줬던 말이다.

장풍운!! 근데, 넌 왜 이 말마저도 느끼한 거냐!! 젠장! 닭살 돋
는다.

"난 이만 우리 반으로 갈게. 벌써 8시 다 되어가네~."

"벌써 8시야?"

"엉! 우리 기생씨! 분명 나보고 싶다고 울고 있을 거다. 어쩔
수 없이 내가 가서 놀아줘야 돼. 하하!!"

"기생~!! 나보고 싶었지? 미안. 나를 그리워하는 널 미처 생
각하지 못했어. 많이 그리웠지?"

난 기생 놈에게 두 팔을 벌리며 미친 듯이 뛰어갔다.

"거리의 이슬로 사라져라. -_-^"

"그 말 어디서 많이 들어본 소린데."

"뭐가."

"뭐 아무튼 젖히고! 나 없어서 많이 심심했지? 난 다~ 알아 용!"

"또 맞으셔야지?"

개늠! 아무튼 농담을 못해요!! 근데 어째 이놈 요새 많이 예민 해진 것 같단 말야.

따르릉 +☆

따르릉 +★

갑자기 기생 놈과 내 폰에 동시에 벨이 울렸다.

"여보시요~."

"누구야!"

서로를 한번 쳐다보곤 전화를 받았다. 쬐까 민망스러웠다.

"어? 너! 야, 인간아!! 너 진짜 이게 얼마만이야!! 누가 연락 끊으래! 엉?"

기쁨인지, 열 받음인지 알 수 없는 감정 표현을 하는 나에 반면!! 기생 놈은.

"… 신… 현빈?"

정체 모를 무표정에 여자이름을 내뱉었다.

신현빈이 누구지?

"그래, 듣고있어."

기생 놈의 표정이 점점 굳어져간다.

"듣고있다고! 말해."

그리고 넘은 핸드폰을 들고 밖으로 나가버렸다. 중요한 전화인가…?

그리고 그 놈과는 전혀 상반된 내 쪽!

"그래. 말해." ⟨-여기까진 기생 놈과 어느 정도 비슷하다.

그 후가 문제다.

"듣고 있다고! 뭐? 언제? 알았어. 아무튼 너 진짜 죽을 줄 알아! 그래. 끊어! 알았어."

3일 후에 나비가 온다고 한다. 몇 달 동안 전화 한번 안한 것이 개교기념일이라 찾아온단다.

것도 재환이와 같이.

젠장! 괜히 재환이놈 보낼 때 폼잡고 쌩쇼를 다했다!

이렇게 빨리 다시 나타나는 놈을… 하~ 민망하다.

그리고 점심시간이 지나가도 기생 놈은 들어오지 않았다.

그렇게 종례시간까지 그놈의 상판때기는 볼 수 없었다. 미스테리틱 함이 확정되는 순간이었다.

+방과 후.

"재환이 온댄다."

"그래?"

13

말투로 봐선 시큰둥한 걸로 보이겠지만 전혀 아니올시다 였다.

이옥영씨 표정은 정말 압박이었다!

"입 좀 닫아라! 파리 들어갈라~."

"어머~ 말투 좀 봐!"

"미친놈! 말투 원래대로 돌아오거든 말해라! 참나, 진짜 역. 겨. 워. 서!"

"역. 겨. 워?"

"그래. 역겹다!!"

"이 잡것이! 한쪽 코로만 숨쉬고싶은 모양이다?"

저건 또 뭔 소리야. --;

"엉님이 사랑 좀 하시겠다는데 방해한다는 거야, 모샤!"

"사랑? 으하하! 우캬캬!! 아~ 주 갖은 꼴값 다 떨어요!!"

"이 잡것이!!"

난 옥영양께 몇 대 맞았다. 으웅웅! 단지 사실을 말했을 뿐인데 말이다.

하아~ 이렇게 될 거라고 예상했던 당신! 참으로 올바른 생각이었소. 당장 돗자리 펴서 직종을 바꾸시오!

옥영양과 아파트단지에서 헤어지고 집을 향해 돌진하고 있었다.

따르릉 +☆

『011-9111-XXXX』-기생텐리

-여보시오~.

=… 신수연.

-그래 신수연이다. 근데 너 기생 맞지?

=그래.

-근데 목소리가 왜 그래?

=지… 금 여기 올 수 있지?

-뭔 소리야? 너 술 마셨어?

=그래.

-너 미쳤어! 5시부터 쳐 마시는 놈이 어디 있어!

=여기 카XX다.

뚜……뚜……

이런~.

난 바로 집에 가서 옷을 갈아입고, 얄미운 기생 놈에게로 뛰어 갔다. 웬만해선 취하지도 않는 놈이 취했다면 대체 몇 병을 부어 넣은 걸까?

매--우 궁금함에 점점 속도가 빨라진다.

따르릉 +☆

다시 전화가 온다.

기생 놈하고 통화한지 정확히 23분 후에 걸려온 전화였다.

지금 간다. 가!!

-왜! 지금 가고 있다니까….

=…….

-근데 카XX! 약국 쪽 맞지?

=…….

-에? 야! 너 벌써 꼴은 거야? 왜 말이 없어!

=…….

-기생! 야! 텐리! 이, 이봐 말 좀 해봐. 말!--;

뚝!!☆★

뚜…뚜……뚜 뚜

개늠!! 가서보자!! 또 지 할말(말은 안 했다.)만 하고 끊어버려?

넘을 생각하며 눈을 부랴리며 카XX로 향하고 있을 그때.

"아이고~ 학상! XXX동 403호가 어뎌?"

할머니께서 다가와 길을 물으신다.

거참 XXX동 찾기 어려운데 재수 없게도 구석에 짱 박혀있어서 --; 그냥 알려드리고만 가려했지만 순간 할머니의 컨셉이 눈에 화-악 띄었다.

양손엔 보기만 해도 무거운 짐 가방과 보기만 해도 어지러운 돋보기 안경을 착용하고 계셨고 지팡이에 의지를 하며 앞으로 숙여진 허리는 뒤로 꺾으면 림보 선수해도 손상 없을 정도로-_- 엄청 숙여진 허리였다.

그야말로 내가 같이 가드리지 않으면 안될 상황! 카오~!

"할머니, 거기 찾기 좀 어려워요. 제가 같이 가 드릴게요."

"아이구~ 참말이여?? 이렇게 착한 학상이 다 있나~. 어여 갑세!!"

순간 나는 보았다. 할머니의 눈이 빛나는 것을!!

나는 느꼈다. 할머니의 짐 가방이 자연스레 내 손에 들려있는 것을!!

그렇게 20분간 할머니를 목적지까지 무사히 안내해드리고, 죽어라!!! 카XX로 뛰어갔다.

"헉.. 헉.."

"일찍도 오셨다?"

반쯤 풀린 눈으로 나를 째리며 내뱉었다.

"어, 어 그게 말야. 글쎄 내가 이쪽으로 달려오고 있는데 어떤 할머니께서 양손 가득 짐을 들고 길을 물어보시더라고~. 근데 어떻게 무시하고 지나칠 수 있겠어!"

"그래서!"

"그래서!! 친절, 안전하게 모셔다드리고 오다보니 늦었어. 미안!"

"믿으라고 하는 소리냐?"

"당연하지!!"

"지랄~ 요즘 초등학생도 그런 뻔한 구라는 안깐다."

그렇다!! 사실이다.-_-다들 뻔한 거짓말이라고 생각하는

①길 잃은 할머니 안전하게 모셔다드리기!!

②출산할 것 같은 임산부 병원까지 안전하게 모셔다드리기.

③심지어 앞 버스사고!

또 하나! 가장 이해 안 되는 지하철에 사람이 많다는 것!(지하

철은 늘 똑같다.)

아무튼! 지금 기생 놈은 내가 거짓말을 하고있다고 생각하는 모양이다. 하지만 뭐 나라도 안 믿겠단 생각에.

"야, 기생! 너 미쳤냐? 혼자 이만한 술을 어떻게 마신 거야!!"

싸—악 말을 돌렸다.

"부어 넣다보니 이렇게 됐다."

"어휴! 기가 막혀서 정말!"

참으로 황당하게 그 놈 앞에는 4병 가까운 빈 병들이 있었다. 지금시각 겨우 6시 조금 넘었다.

대체 언제부터 마신 걸까? 역시 특이한 인물이었다!

"야, 야! 궁상떨지 말고 얼렁 일어나! 너도 참 미련하다. 대낮부터 술이나 쳐 마시고!!"

"… 신수연, 옛 사람은…."

"뭐? 뭐라고?"

"신… 현빈은…."

"에? 신현빈? 뭔 소리야! 정확하게 말해봐!"

"나 졸려…."

★40★

그 놈은 알 수 없는 말을 내뱉은 뒤 테이블에 디비져 깊은 잠에 빠졌다. 할 수 없이 그 놈 앞에 앉아 놈이 마시다 남은 것을 먹으려했지만 전에도 설명했듯이 나와 술은 관계가 전혀 없다.

　　그냥 가만히 멀뚱멀뚱_앉아 있었다.

　　+밤 10시.

　　기생 놈이 드디어 깊은 잠에서 깨어났다. 것도 아――주 정신
이 말짱해져서~.

　　"…내가 여기서 왜 자고있지?"

　　"꼴아서 잔 거지."

　　"어? 신수연! 언제 왔냐?"

　　"1억 년 전에 왔다!"

　　"어? 근데 뭐, 뭐야! 신수연! 이 술병들은!"

　　"-_- 뭔 소리야?"

　　"너 미쳤냐? 하나, 둘, 셋… 어이구~ 이게 몇 병이야? 살다 살
다 여덟 병을 나발분 애는 처음 봤다."

　　이, 이봐! 이것 중에서 4병은 자네가 마시고, 4병은 여기 알바
생 언니가 빈 병 놓고 간 거라네!

　　"나도 이렇게까지 마셔본 적 없는데 8병은 좀 오버라고 생각
하지 않냐?"

　　"아, 아니라니…."

　　"실연이라도 당한 거냐?"

　　주여!!

"뭐, 그건 제쳐두고. 야! 실연 당했다고 이렇게까지 마시면 쓰나~."

"야야! 내 말을 끝까지 좀…."

"진짜 이건 너무하잖아."

"야!!"

"여덟 병은 좀."

"야! 이거 내가 아니라…."

"괜찮아, 괜찮아!! 술 잘 마시는 거 부끄러운 거 아냐. 괜찮다니까."

"아니 그게 아니라… 니가 이거…."

"괜찮다고 했지! 그래, 알았다. 알았어! 나보고 계산 해달라는 거냐? 까짓 것 해준다."

악악! 진짜 나 돌아버리겠네!!

아무튼 저 놈! 말 끊고 갖다 붙이기는 세계 최고라니까!!

분명히 저 놈이 가장 잘하는 오락은 테트리스일 것이다. 끼워 넣기를 한정된 라인을 넘어서까지 잘하니 말이다.

"야! 먼저 나가 있어."

손을 획획_젓는 놈.

그 술들이 지 뱃속에 자리잡고 있다고 말하면 저 놈은 어떤 표정을 지을까?

뭐, 믿지도 않겠지만 말이다.

난 먼저 밖으로 나와 바람을 쐬고 있었다. 바람이 매--우 찼

다. 추워 죽겠다! ㅜ_ㅜ 그리고 한참 후, 살인미소를 띠우며 나오는 기생 놈.

"집은 제대로 갈 수 있겠냐?"

"No problem!!"

"어째 너하곤 거리가 먼–말이다?"

"걱정 마라!! 내가 누구냐~."

"처진 눈. -_-"

"죽을래!"

"이 곰탱아리 같은 게 기껏 술값까지 내줬더니!!"

"-_-"

다시 한번 아니라고 말하고 싶었지만 저 놈의 끼워 넣기와 오해에는 어느 것도 당할 수 없는 법!

그냥 참고, 참으면서 10분 넘게 말도 안 되는 내용으로 실랑이를 하고 있었다. 갑자기 궁금증이 생기는 것이!

"기생!"

"왜?"

"신현빈이 누구야?"

"신… 현빈?"

"그려! 아까 전에 말하다 끊겼잖아."

"아는 사람."

"누가 아는 사람인지 몰라? 말해봐~ 말해봐! 누군데?"

"있다."

계속 앵겼지만, 결국 안 알려준 채 아파트단지 앞까지만 데려다 주는 기생 놈.

"기생새끼. 凸이거나 먹어라!! 젠장할 놈!"

놈의 뒤통수에 날렸다.

바트! 그러나, 가운데 손가락이 채 들어가기도 전에 기생 놈이 뒤를 돌아봤다. 난 죽었다!!

"그건 뭐냐?"

"아하하. 손가락 운동중이야!"

"장난 까지 말고!! 방금 전까지 뭐했냐?"

"손가락 운동했다니까!! ㅜㅜ"

"그래? 그럼 내일 보자."

다시 등을 돌리고 걷는 놈.

"악악악!!★★난 운도 지지리도 없는 년 인가 봐!"

_궁시렁_대며 아파트단지로 들어섰다.

108동 앞을 지나려는 찰나, 어디서 많이 본 사람이 벤치에 앉아 있었다.

이시우였다.

"시… 우야…."

"……."

"이시우!!"

"어? 수연아."

"여기서 뭐해?"

"그냥, 너 기다리고 있었어."

　시우는 언제나처럼 _방긋_ 웃어 보인다.

"추운데 어디라도 들어가 있지 그랬어."

"괜찮아. 앉아, 수연아."

"……."

말없이 시우의 옆에 앉았다. 약간의 어색한 분위기.

우리에게도 이런 게 존재했구나.

"잘 지냈어?"

약간 떨림이 있는 시우의 말이었다. 그리고, 그때처럼 숨을 가쁘게 몰아 내쉬는 시우.

24

"시, 시우야! 너, 괜찮아?"

"… 응?"

"어디 아픈 거야?"

"아니, 전혀."

방긋_ 웃어 보이지만 금세 창백해진 얼굴.

"너…"

"괜찮아. 바람이 좀 차서 그런가봐."

"……."

"괜찮아, 아무렇지 않아."

"거짓말하지마! 너, 그때도 그랬잖아. 아무렇지 않다면서 갑자기 사라졌잖아!"

"……."

나를 멀뚱멀뚱_ 바라보는 시우.

"난, 너 때문에 하나도 잘 지내지 못했어."

목소리가 떨린다.

"여기 와서 그나마 웃어봤어. 아원에서는 늘 네 생각만 났었단 말야!"

"……."

"너 핸드폰번호 없어졌더라?"

"……."

"난, 번호 바꾸지 않았어. 바꾼 적 한번도 없어. 그 날 우리 헤어지고 나서 바꾸려고 했지만 혹시 연락이라도 한번 올까봐."

"……."

"너하고 완전히 연락이 끊어질까봐 바꾸지 않았어. 넌 모르지?"

"……."

"근데, 뭐야. 너! 연락 한번 없다가 갑자기 나타나서…. 그리고 너 뭔가 숨기고 있는 거 맞지?"

꼭 투정부리는 아이 같다.

"미안, 수연아."

"내가 너 얼마나 걱정했는지 알아?"

"… 아니."

"내가 너 얼마나 보고싶어 했는지 알고있어?"

"아니."

"… 그럼, 내가 지금도 너, 너무 좋아하고 있는 거 알고있어?"

"……."

"난…."

"……."

"난, 난 그래. 시우야."

"응."

시우는 환하게 웃어 보인다. 내가 가장 좋아하는 미소.

★41★

26

"우리 집에 갈래?"

"집에?"

"응, 울 아빠 너 엄청 좋아하시잖아."

"가면 또 '스타' 해야 될 것 같은데."

"오랜만에 한번 하는 것도 재밌잖아~.ㅋㅋ"

"그래, 밤샘 각오하고 간다."

오랜만에 시우와 같이 집에 갔다. 집으로 가는 그 짧은 거리를 숨을 가쁘게 내쉬는 시우 모습을 왜 이때는 몰랐을까?

알았다면 하나쯤은 변했을 텐데….

"엄마~ 아빠. 시우 왔어!"

"뭐---어어어!!"

안방에서 후다닥_ 뛰어오신 엄마, 아빠.

시우를 보더니 엄마가 '시우야♡' 하며 반기기도 전에.

"이게 얼마만이야! 시우 이놈! 오랜만에 스타나 한판 하러가지."

라는 말과 함께 아빠 시우가 신발을 벗기도 전에 손목을 잡고 어디론가 데려가신다.(설명이 좀 길었다.)

장담하건데 PC방이다.

시우야! 각오하고 오길 잘했구나!

그리고, 난 엄마가 이것저것 물어보기 전에 언능 내방으로 들어가 문 걸어 잠그고 잤다.

+다음 날 아침이 밝았다.

역시나 아빠와 시우는 보이지 않았다. 대체 얼마나 하려는 걸까?

서둘러 학교로 향했다.

따르릉 +☆

요즘 들어 전화가 자주 오는구나!! 오예. >_< 난 인기인!!

-여보세요~.

=시우.

-어. 아직도 PC방이야?

=아니, 목동.

-목동? 거긴 왜?

=애들 보러. 아! 번호 뜨지?

-번호?

=그거 내 핸드폰 번호거든? 저장해 놔. 그럼 이틀 후에 보자.

-이틀? 그 전엔 안 오려고?

=그 날이 개교기념일이라며. 애들하고 그때 같이 갈게. 끊는
다.

-응.

『011-9332-XXXX』

번호가 바뀌었구나.

바뀐 번호를 0번에다 저장하고 다시 서둘러 학교로 향했다.

+옥영쒸네 반 교실.

"신수연~ 너 이시우하고 사겼었다며?"

"에? 누가 그래?"

"재환이가… 재환이하고 시우하고 친구라며."

"응, 그렇긴 한데 니가 시우를 어떻게 알아? 나 전학 왔을 때
도 물어보지 않았었나?"

"1학년 때 여기서 아원고 이시우. 유명했었거든."

"정말?"

"우리학교 어떤 여자애가 이시우 쫓아다니다가 성은교라는
애 때문에 전치 끊었었거든."

"성⋯ 은교?"

"알아? 하긴 사귀었으니까 알긴 알겠지."

"그래."

성은교. 네 이름은 이시우가 있는 곳곳마다 같이 쫓아다니는 구나.

"수연아~.♡♡"

천곱슬 등장이다.

모두들! 이제는 하트만 봐도 알지 않은가! 저 놈은 한동안 뜸 하다 싶었더니 요즘 따라 갑자기 마구마구 등장해댄다.

"그, 그래!! 풍운아, 안녕!"

"수연이두 안녕^-^?"

해맑게 웃는 천곱슬. 딱! 저때는 좋단 말이지. 하지만.

"수연아 >_<♡풍운이 배고파! 오늘 끝나고 뭐 먹으러 갈까?"

"지금 배고픈데 끝나고 가봤자 뭐하니?"

"좀 있다가도 배고플 예정이야!!♡"

하아~ 난 서둘러 교실로 달려갔다.

좀만 더 있다간 저 페이스에 말려들어 지금의 내가 아닐 것 같 은 불길한 예감이 들었기 때문이다.

오늘은 재환이와 나비, 시우가 오는 날이다. 재환이나 시우는 벌써 봤기에 별 기대 안되지만 나비는 다르다. 오랜만에 보는 거 라 그런지 기대 만빵이다! 오예에!(사정 때문에 나비 논 못 본지 거의 반년이다.)

+하교 길.

역시 재환이 넘 이번에도 교문에서 잡히지도 않는 웬 개 폼을
다 잡으면서 예쁘고, 쫙 빠진 쌔끈녀와 서있었다.
또 한 건 올린 건가?
시우와 나비는 보이지 않는다.
"신수연!! 여기~."
안다. 이놈아.
네 놈이 등장하면 울 학교 여자 애들 니 쪽으로 다 몰리게 된
다. 네 존재를 알기 싫어도 알 수밖에 없단다. 크흑!
다시 한번 울 학교 아그들의 째릿빔이 내 몸을 강타하고, 난
쪽팔림에 가려지지도 않는 얼굴을 힘겹게 가려보며 재환이 놈에
게 향했다.
"야! 김재환! 시우하고 나비는 안 왔어?"
"시… 우는?"
"어머어머! 신수연!!"
새끈녀가 아는 척을 한다.
하지만 난 얘 누군지 모른다. 절대적으로 내 친구 중에는 이렇
게 쌔끈한 애는 없다.
하아~ 저 쌔끈녀 반말을 찍-찍 해댔지만 쌔끈하니까 참는다.
내가 조금만 더 쌔끈했어도 주먹 날라 갔다.-_-
"뭐야, 뭐야! 신수연!! 어떻게 연락 한번 없냐!!"

30

갑자기 와락_나를 안아버리는 쌔끈녀!!

켁켁!! 숨 막혀.

파워 짱이다! 예전에 한번 느껴봤던 것 같은 이 파워!! 뭐지…?

"야! 숨막혀! 숨을 못 쉬겠잖아!"

파악!#

쌔끈녀를 밀어버렸다. 하지만 우리의 쌔끈녀 평행성 하난 예술이었다.

나의 파워에 절대 흔들림 하나 없다.

"나 몰라?"

"모른다. 너 누군데 갑자기 이러냐? 짜증나네!!"

이런 쓸데없는 깡따구가 내 몸 어디서 굴러 나왔는지, 난 한마디 내뱉고는 부들부들_떨었다.

무서웠다. 해꼬지 할까봐.

"이것이 콰악! 디질라고! 너, 아직도 그 말투 못 고쳤냐!!"

그러면서 놈은 내 머리를 사정없이 쥐어박았다. 이것이 자꾸 봐주니까 내가 지 꼬봉으로 보이나!!

악악!!★★더 이상 못 참아!! 한마디 해줘야겠군!!

"악!! 진짜!! 저, 저기 언제 봤다고 때리세요. ㅜ_ㅜ"

무서웠다. 난 더 이상 소녀, 소녀들과는 얽히기 싫다.

곱슬 소녀, 폭탄 소녀들만으로도 충분히 만족한다.

"이 돼지 같은 게!! 아직까지 그 지랄병 못 고쳤냐? 나. 나비

31

다! 이나비! 담에 엉덩이 낀-_-이.나.비!!!"

쌔끈녀가 미네럴이-_-풍부한 침을 튀겨가며 강력한 발언을
하자 난 그제 서야 서서히 이해가 가기 시작했다.

그래! 나 친구 논 얼굴도 못 알아보는 붕어대가리에 IQ 두 자
리다.

★42★

하지만! 못 알아본 것이 정상일지도 모른다.

나비 논의 모습은 정말 몰라보게 달라져있었다.

젠장!!

누구는 쌔끈하고 예뻐졌는데 나는 그동안 뭘 한 걸까?"

32

"나… 비? 우와! 너 정말 나비 맞냐?"

나 지금 의심하는 거다.

"맞다니까!! 나 좀 변했지?"

좀이 아니다. 너 언능 수술한 곳 불어라. 나도 처진 눈 좀 고쳐
보게.-_-

"서, 설마 너 수술한 건 아니지?"

"뭐? 수술? 푸하! 얘는 무슨 수술이야!"

"그럼 어떻게 이렇게 변한 거지? 너! 나비 아니지? 언능 정체
를 밝혀랏!"

"유치한 건 변함이 없구나."

유치?

그래! 누구는 예뻐져서 째끈녀가 됐고, 누구는 날이 갈수록 유치해져만 간다. 됐냐?

"흐음~ 어떻게 이렇게까지 변할 수가 있었던 거지?"

나비에게 최대한 바짝 다가갔다.

"너무 다가오는 거 아냐~?"

"그딴 건 제끼고 빨랑 부시지!"

"후우~."

"아~ 유치해! 아직까지 그런 구시대적 유머를 구사 하냐?"

"미안하다."

"암튼!! 1년도 아니고 불과 몇 달만에 이렇게 변할 수 있었던 비밀을 언농 말해보셔~."

33

"그냥 살 뺀 거라니까!"

"에에~ 나비야~ 나한테만 살짝 말해보라니까~."

그 후로 계속 비결을 가르쳐 달라고 옆에 바-싹 붙어 쫓아댕겼다. 허나! 이나비씨!! 내 말은 듣는 둥, 마는 둥. 아니!! 완전 씹고있었다.

그리고 우리 셋은!

1차 닭갈비집에서 배를 채우고,

2차 노래방에서 배 꺼지게 하고-_-

어둑어둑해진 8시쯤 술집으로 다시 배 채우러 갔다.(물론 난 안주 먹으러 간다~)

우리가 간 곳은 카XX였다. 저번에 기생 넘과 갔었던 그 곳이다.

더 정확한 설명을 하자면 나 술고래라고 찍혔던 그 곳이다.

"재환아, 시우는?"

"지금 누구 만나고 오는 길이래."

"아, 그래? 암튼! 이나비! 얘기 좀 해봐! 대체 비결이 뭐냐고!"

"아따 오쟈게도 징하네! 그냥 빠졌다니께!"

"시꺼시꺼! 그냥 빠지는 게 어딨어!! 언농 말혀봐!!"

난 우리아빠를 닮아서 그런지 대단한 집착력의 소유자였다. 물론 천곱슬 보다는 아니다.

34

2시간 정도가 흘렀다.

재환이와 나비의 혀가 점점 꼬여간다.

나만 멀쩡했다!! 다시 한번 말하지만 난 술 못 마신다. 그리고 재환이도, 나비도 각자 누군가에게로 전화를 걸기 시작했다.

잠시 재환이의 대화를 엿들어보자면!!

"웅~♡ 지꿈. 아콜 마띠고이떠. 응응! 아라떠~. 조끔만 마띠께요. 웅~ 조금만 피께. 웅! 나두 오경이 보고뽀!♡"

천곱슬을 튀겨먹었는지 하트를 드럽게도 붙여댄다. 짜증나는 맘에 앞에 있는 술을 입에 부어댔다!!

어쨰 눈이 빙그르르—돌아가는 게 나 취했나보다. 그래! 저 꼴 안 보려면 차라리 취하는 게 낫다.

그렇게 재환이도, 나비도, 나도 서로 각자 놀고 있을 때 문이 열리며 커플처럼 보이는 男과女가 들어왔다.

그리고 내 옆자리에 마주보며 앉았다.

앞이 _빙글빙글_ 돌아가는 게 뭐가 뭔지 형체밖에 보이지 않는다.

난 부동자세로 가만히 앉아있었다.

"나 물 마시고 싶어. 잠깐만….”

"그래, 난 잠깐 밖에 좀 나갔다온다.”

옆 테이블 남과 여의 말이었다.

앉자마자 일어서서 자기 일들 하신다.

우리 쪽 재환이 넘은 옥영 양과의 전화에 푸-욱 빠진 상태였고, 나비 논은 언제 전화를 끝냈는지 테이블에 엎어져 자고있었다.

35

계속 멍하니 앉아만 있어서 그런지 몸이 찌뿌-둥해 기지개를 켰다.

그와 동시.

★★쨍그랑_!!###

"꺄아아악!!!"

무언가 내 손등에 닿은 느낌과 함께 여자의 비명소리가 들렸다. 주위를 둘러보니 한 여자가 옆에 쭈그려 앉아 발등을 _만지작_ 거리고 있었다.

그 여자는 옆 테이블의 여자인 듯했고, 아마도 물 잔을 내가 친 것 같다.

발등에 유리잔 파편이 튀었는지 여자는 만지작만지작 거리며 울먹인다. 미안한 마음에 고개를 푹-숙인 채로 여자에게 다가갔다.

"저… 저기 죄, 죄송해요."

"아, 아… 아…." 〈-오버해서 신음소리 낸다.

"죄… 송해요."

"아! 씨발! 미안하다면 다야! 너 이거 안보여? 어떻게 할거야?"

"죄송해요. 저도 물 잔이 있으리 라곤…."

"누군 알면서 쳐? 아, 존나 짜증나게 이거 어떻게 할거야! 어떻게 할거냐고!!"

여자의 태도에 화가 났다. 정확히는 반. 말에!!

"미안하다고 했잖아요! 사람이 사과를 하면 받을 줄도 알아야죠!"

"뭐? 이년이 어따대고 말대꾸야!!"

##쫘---------악!!!★★★

여자의 손이 강하게 내 뺨을 스쳤다. 그. 리. 고 내가 한마디 내뱉기도 전에.

"현빈아! 왜 그래? 무슨 일이야?"

남자의 목소리가 들려왔다. 옆 테이블 남자인 모양이다.

현빈?

"뭐야, 왜 이제와!"

"어, 잠깐 뭐 좀 사러. 근데, 무슨 일이야?"

"나 여기 좀 봐. 아파 죽겠어!"

"피나잖아. 어디 긁혔어?"

"아니! 이년이 이렇게 만들어놨다니까!!"

하~ 어이없네. 뭐, 저런 년이 다 있대!!!

"왜?"

"몰라! 사과는 못할망정 오히려 나에게 화를 냈다니까! 빡돌게!"

"알았어! 넌 화 좀 가라앉혀. 내가 해결할 테니까. 저기에 앉아있어."

"아~~ 진짜 아파 죽겠단 말야!!"

그 싸가지는(그 여자에서 바뀜.) 옆 테이블 의자에 가서 '아… 아아아…' 하며 한층 업그레이드된 엄살을 피우고 있었다.

"이봐! 사람 다치게 했음 사과는 해야되는 거 아냐?"

"전 처음에 분명 사과를 드렸거든요?"

고개를 들지 않은 채 그 남자에게 말을 했다. 민망하니까.-_-

"사과했다고?"

"네, 했어요!! 그리고 무작정 사람 때린 저쪽이 오히려 나한테 사과해야 되는 것 아닌가?"

"너! 사과할 때 사람의 눈은 바라보면서 했냐?"

"네?"

"눈을 바라보며 진심으로 말했냐고 물었다."

"……."

"아~ 주 안 봐도 뻔하네!"

아어! 진짜 짜증나는 커플일세! 초면에 반말이나 찍-찍하고 씨바! 짜증나네!

"내가 사과했다고 했지!! (고개 들음.) 어디다 초면에 반말 찍-찍하고 뭐야…?"

한순간 고개를 들자마자 내 앞엔 기생이 있었다.

"텐리…."

그 놈도 놀랐는지 멍한 상태로 날 바라보고만 있다. 그리고 갑자기 여자가 의자에서 일어나 내 쪽으로 다가오고 있었다.

난 저 여자가 신현빈이란 걸 알 수 있었다. 표정이 매우 압박감을 주었다.

"이년이 진짜 보자보자 하니까!! 내가 지금 장난하는 걸로 보여!!"

###쫘-----------악!!!★★★

또다시 한방이 날라 왔다. 어이없는 한방이었다.

"뭐하는 짓이야, 신현빈!!"

"이년이 졸라 야마돌게 하잖아! 아, 씨발! 너 진짜 죽어봐야겠구나?"

"그전에 니가 내 손에 죽는다."

문 쪽에서 저음의 남자목소리가 들려왔다.

양 미간을 찌푸린 채 이쪽을 향해 천천히 걸어오고 있는 이시우.

예전 그때처럼 시우의 차가워진 두 눈은 신현빈에게 맞춰있었다.

신현빈은 당황한 듯 시우를 멍하니 바라보고 있었고, 텐리도 상당히 당황한 듯한 표정이었다.

한 발자국 한 발자국 내딛는 시우. 시우는 어느새 우리 쪽으로 다가왔다. 그리고 신현빈을 향해 손을 들었다.

강하게 뺨으로 향하는 손.

"이게 뭐 하는 짓이야!"

신현빈의 뺨으로 향하던 시우의 손을 텐리가 잡았다. 텐리는 아무 말 없이 쳐다보는 시우.

"꺼져!"

저음. 매우 느린 말투로 텐리를 향해 내뱉었다. 하지만 텐리는 신현빈 앞쪽에 서서 그녀를 감싸주며 시우를 쳐다보고 있다.

퍽!!★★★

"으윽"

쾅_!!##

시우의 주먹이 텐리의 얼굴을 강하게 스쳐지나갔다.

"꺄아아아악!!"

얼굴이 새파랗게 질려있는 신현빈.

"시우야!!"

언제 정신이 멀쩡해졌는지 나비가 빠른 속도로 다가왔다. 시우의 팔을 잡았지만 간단히 팔을 빼내는 시우.

"너다. 이번엔!"

여전히 느린 말투.

쫘------악!!★★☆

"꺄아아악!!!"

어느새 시우의 손이 신현빈의 뺨을 강하게 스쳐지나갔다.

무슨 말을 해야되는데 입안에서만 말이 맴돌 뿐이다. 그만 하라고 해야하는데….

시우는 다시 한번 신현빈과 텐리가 있는 쪽으로 천천히 걸어갔다. 신현빈을 의자에 앉힌 후 시우의 멱살을 잡는 텐리.

"씨발! 너 돌았냐?"

광장히 흥분되어있는 텐리. 그런 그에게 시우는 다시 한마디를 던졌다.

"너한테는 볼일 없다고 하지 않았나?"

여전히 시우의 두 눈은 신현빈을 향해 멈춰있었다.

텐리의 손을 가볍게 저지한 후 다시 신현빈 쪽으로 점점 다가갔다. 지금 시우의 눈엔 여자와 남자가 같. 은. 사. 람으로 인식되어 있는 것 같다. 시우를 말려야된다.

큰일이 벌어질 것 같은 불길한 예감. 그리고 점점 신현빈에게 다가가는 시우에게.

"멈춰, 이시우! 씹새끼야! 멈추라고!!"

멀리서 차가워진 어투로 재환이가 말을 했다.

일제히 재환이를 향해 있었다.

"바보 같은 놈아. 멈추라고, 이 자식아!!"

"……"

"너, 알잖아! 지금 니 몸 상태."

"……"

"그리고, 제발 철 좀 들어라. 니 눈엔 쟤는 여자로 보이지도 않냐?"

시우는 재환이가 입으로 가리키는 신현빈을 한번 보곤 다시 고개를 돌린다.

근데, 재환아. 몸 상태라니? 뭘, 말하는 거야?

"단축시키고 싶지 않으면 제발 섣부른 행동 하지마!"

시우의 표정이 점점 굳어진다. 그리고 고개를 돌려 나를 바라본다.

"그만 하자. 김재환!"

"……"

"그래, 내 섣부른 행동이었다. 하지만 내 눈엔 저 쪽보다는 수연이가 먼저 보여."

"하지만, 최소한 여자는 때리지 말아야 되는 거 아냐? 그리고… 니…"

"됐어, 그만 하자."

신현빈을 쓰윽_한번 보곤 나를 바라보며 미소짓는 시우.

차가워진 눈빛은 사라지고 예전 그대로의 다정한 눈빛만이 남았다.

"괜찮아, 수연아?"

"응, 괜찮아. 시우야, 근데… 몸 상태라니? 무슨 소리야? 그게…."

"그냥, 감기기운이 있어서…."

"……."

신현빈 쪽으로 향하는 재환이.

"괜찮아?"

"……."

아무 말 없이 두려운 듯 떨고 있는 신현빈을 재환이는 걱정스러운 듯이 바라보며 묻는다.

신현빈의 볼은 퉁퉁 부었고 입술에서는 피가 흐르고 있었다.

무슨 말을 하는 듯 보이는 텐리와 재환이. 그리고 내 앞으로 다가오는 시우.

갑자기 털--썩!! 무릎을 꿇으며 주저앉아버린다.

"시, 시우야! 왜 그래!"

"……."

"왜 그러냐구! 일어나! 이시우!"

"하… 다리에 힘이 풀려버렸어."

_방긋_웃어 보이는 시우.

42

"뭐야, 이시우!"

"하하! 갑자기 풀려버린걸 어떡하냐!"

"놀랬잖아!!"

그리곤, 시우는 내 뺨을 쓰-윽 문지른다.

"괜찮아?"

"응! 괜찮아."

"괜찮기는 볼이 퉁퉁-부은 게 호빵맨 같다. 쿡쿡!"

"뭐? 호빵맨?"

"응! 호빵맨같아."

"그래~ 호빵맨? 그래봐~. 알았어!"

"또, 또! 오른쪽 볼 부풀었다."

"뭐가!"

"너 모르냐? 삐치면은 부푸는 거?"

"누가 삐졌다는거야!!"

다시 예전으로 돌아온 것 같다. 그리고 미안하게도 잠시 잊고
있었던 나비가 퉁명스럽게 말한다.

"뭐야, 둘이 사랑싸움 하냐? 듣기 짜증난다."

"듣기 싫으면 귀를 막으셔!"

"좀 다른 데서 하지 그래? 내 앞에서 그러는 이유가 뭐냐?"

"왜 우리가 다른 데로 가야 되냐!!! 니가 딴데 가!!"

"그래!! 신수연~ 또, 고1때처럼 나 빼고 둘이 놀려는 거지?"

"뭘 놀아. 야야! 시우야 그냥 우리가 나가자."

"그래, 가라가! 훠이훠이~."

나비 많이 외로운가 보다. 아직 남자친구가 안 생겼나? 저렇게 쌔끈해 졌는데 말야.

시우 놈과 난 밖으로 나와 바람도 쐴 겸 무작정 걸었다.

"나비 아직 남자친구 안 생겼대?"

"그런가봐. 저것이 그렇지 뭐."

"하하~ 그런 말이 어디 있어~. 아, 아까 전에 걔네들 하고는 아는 사이야?"

"아~ 남자애는 내 짝이야."

"여자앤?"

"기생 놈 첫사랑인가 그럴 거 같아."

"그래? 근데 기생은 또 뭐냐!"

"엉, 기생! 기생오라비! 진짜 똑같지?"

"하하! 기생? 또 네가 지었지? 아무튼 예전이나 지금이나…."

"뭐, 뭐가!!"

이놈은 나의 과거를 너무 많이 꽤-뚫고있다니까!!

"아무튼! 기생 놈 자기 첫사랑이라고 완전 감싸는 것 봐봐!"(확실하지 않다.)

"하하!"

"분명하게 난 사과했고, 거기에 맞기까지 했는데 말야. 쳇!"

"그랬어?"

"응! 아무튼 진짜 재수 없다니까! 학교에서 보기만 해봐!"

"어떻게 하려고?"

"인사해야지.-_- 쟤가 얼마나 무서분데. 크크-"

"하하! 첫사랑이라…."

"첫사랑. 첫사랑!! 마지막 사랑이 가장 소중한 거 아니야?"

난 둘 다 소중할 것 같지만….

"수연아! 남자는 아무리 뜨거운 사랑을 해도 첫사랑은 죽어도 잊지 못해."

"뭐? 그럼 너도 나 좋아한다, 좋아한다 그러면서 결국은 첫사랑을 가슴속에 담아두고 있는 거네?"

"하하! 남자에겐 첫사랑이 마지막 사랑이나 다름없으니까."

"뭐야~! 그럼 너도 다른 사람이 있다는 소리지? 그렇지? 나 그렇게 받아들인다~. 진짜 그렇게 받아들일 거야!"

"하하!"

시우는 웃기만 할 뿐이지 첫사랑에 대해서는 아무 말도 하지 않는다.

"뭐야! 이시우! 진짜…."

나도 질투를 하는 건지 걸음이 빨라진다.

"야야, 신수연! 좀 천천히 가. 갑자기 왜 그래?"

"뭐가! 네가 빨리 걸으면 되잖아!!"

퉁명스런 말투. 정말 질투인가 보다. 유치해, 유치해!!

"수연아!"

"왜, 이놈아!"

"시우 그쪽으로 날라가도 되냐?"

"-_-뭘 날라오셔! 됐어. 넌 천천히 와! 첫사랑 생각하시면서 ~."

"하하."

우리는 그렇게 약간의 거리를 유지하면서 걸었다.

"내 첫사랑 얘기나 해볼까?"

"됐어, 말하지마! 나 왠지 기분 안 좋거든?"

"큭큭! 그래도 말 할거다. 그 애는 말야. 사람 말을 끝까지 듣지 않는 아이고….."

"……."

"바보같이 사람도 너무 잘 믿고."

"그만 하시지?"

"음… 그리고, 삐치면은 오른쪽 볼이 통통-해진다."

"…… 뭐?"

"하하! 담도 아~ 주 잘 넘어. 굉장하지?"

"……- _-"

"무엇보다 날 아-주~ 아주 좋아하지."

뭐야.

"나 이시우 안 좋아해!"

"어? 정말? 뭐야… 서운하네."

"이씨! 담 얘기가 거기서 왜 나와!"

"아하하!"

"글고 장난치지마. 이놈아! 놀랬잖아!"

"절-대 장난금지! 그럼 시우. 이제 그쪽으로 날아가도 되냐?"

"한번만⋯."

"⋯응?"

"한번만 날아와도 돼."

그 말이 끝나자마자 시우는 내 옆으로 다가왔다. 다시 폭이 좁아졌다. 또 뭐가 좋은지 생글생글_웃기만 한다.

그래! 착한 내가 봐준다. --;;

★44★

"나 원래는 니네 학교로 찾아가려 했었어."

"응? 뭘 찾아와?"

"그때, 왜 우리 지하철 안에서 만났을 때 말야."

"아~ 정말?"

"응. 너네 학교 가려고 한 건데 니가 그 시간에 지하철에 있을 줄은⋯ 또 땡땡이 쳤냐?"

"아, 아니야! 재환이 바래다주고 오는 길이었어~."

"아~ 그러세요?"

역시 나에 대해 너무 많이 아는 이시우.

"근데 학교로는 왜?"

"장미꽃을 들고 학교 앞으로 찾아가 기다리는 거지."

"오~ 정말? 그럼 네 특징 잘 살려서 담배하나 꼬나물고 건방
진 듯이 벽에 기대고!!"

"응, 아! 하나 빠졌잖아. 반짝이는 검정구두를 신고 말끔하게
정장하나 빼입어야지."

"ㅋㅋ 하나 더! 널 발견해서 내가 달려가면 넌 날 꽈-악 안는
거야!! 어때?"

"완전 영화의 한 장면이네. 근데 이 모든 것이 나하고 어울리
나?"

"응! 너하고 딱이야. 어깨도 넓고. 헤헤-"

나 역시 시우에 대해 많은걸 꽤-뚫어보고 있었다.

"언제까지 이시우가 너 지켜준다."

"푸하! 어떻게 지켜 주실라고?"

"나 어깨 넓잖냐! 너 하나쯤은 거뜬하지."

"어깨 넓으면 다 지켜줄 수 있는거냐!"

"어쨌든! 오빠가 지켜준다. 하하!"

"언제까지 이시우가 너 지켜주마!!"

억지부리기는….

삐빅!!★☆ 문자가 도착했다. 시우와 얘기하느라 보지 못한 문
자까지 총6개였다.

=+어디야? -나비

=+어디냐고!!! -나비

=+지금 씹는 거지? 분위기 좋나보다~. -나비

=+웬만하면 답문 좀 날리지 그래? 우리 먼저 간다. 쳇! –나비

=+집에 갔냐? 오늘 일은 미안하다. –기생

=+잘 들어가고 내일 보자–기생

나비 이놈!!! 참 오지게도 보냈다.

"누구? 짝이란 애 문자야?"

"어? 어, 어떻게 알았어?"

" 너! 독심술!"

"뭐야~!"

"미안하다고 전해 줘."

"……"

난 바로 답 문을 보냈다.

49

–+괜찮아. 너도 일찍 들어가고 내일 봐! 아! 시우가 미안하다
고 전해달래.

한 10분 정도 후 답 문이 도착했다.

–그래. 내일 보자.

간략하면서도 뭔가가 있는 듯한 말이다. 나 이러다 내일 학교
에서 죽도로 맞는 거 아냐?

뭐… 그럼 시우한테 일러야지~. 홍홍홍!

그리고 시우는 우. 리. 집. 앞! 까지만 바래다주고 바람과 함께
사라졌다. 아마도 아빠한테 걸림 밤새 '스타' 해야 돼서 그런 듯
싶다.

그렇게 정신 사나웠던 그 날은 물러가고 다음 날이 밝았다.

어제의 간략한 문자가 참으로 걸려서 일찍 학교에 도착했다. 뒷문을 빼꼼-히 열어 기생 놈이 있는지 확인하고!

음음… 없군!

"나이쓰~ 아자!!!"

신나게 외치며 안으로 들어갔다. 물론 그렇게 외치면서도 언제 놈이 뒤통수를 공격할지 모르니 머리를 부여잡는 것도 잊지 않았다.

자리에 앉아 멍하니 칠판만 바라보고 있었다.(늘 이렇다.)

10분 정도 지났을 쯤. 기생 놈이 들어왔다. 다행히 그놈의 손엔 아무것도 들려있지 않았다.

50

다시 한번 속으로 '아자'를 외치며 반갑게 그놈을 맞았다.

"기생기생! 왔어? 왔어?"

"아침부터 왜 그러냐?"

"기생 니가 너무 보고 싶어서~."

"지랄병 도졌냐?"

나름대로의 애교 같지도 않은 애교-_-를 섞으며 넘을 반겼지만 놈에겐 씨도 안 맥힐 잡소리였다.

그렇게 넘은 여느 때와 같이 날 대했다.

어제의 '내일 보자'라는 씨 있는 듯한 문자는 나 혼자만의 착각이었는지 내 기억 속에서 점점 사라져갔다.

+점심시간!!

요즘, 천곱슬이 보이지 않는다.

같은 반 애들의 말을 들어보니 점심시간마다 1학년 후배 여자애들에게 끌려간다고 한다.

그렇다!

천곱슬은 은근히 인기인이었다. 느끼한 말투와 상반되는 그 잘생긴 얼굴이 인기요소인 듯하다.(참고로 기생은, 잘생긴 것보다 그냥 기. 생. 오. 라. 비처럼 생겼다.)

옥영씨도 수행평가 때문에 놀아주지 않고, 결국 황금 같은 점심시간을 기생 놈하고 보내야만했다.

"어엇! 기생~ 웬일로 안자고 있어? 으하하! 니가 웬일이냐~."

"그렇게 예쁜 소리만 골라서 해라?"

"장난이야."

요즘 따라 이놈 많이 날카로워졌단 말야~. 건드렸다간 뼈도 못 추릴 추세다.

"아! 신현빈… 은 괜찮아?"

"어."

"너는? 너도 괜찮지?"

"당연하지. 근데 걔 진짜 세더라."

"어, 어. 목동에서 알아주던 애였거든."

"그래?"

우리의 말은 여기서 끊겼다.

삐빅!!★☆

심심한 나에게 문자가 도착했다. 시우의 문자였다.

=+오늘 몇 시에 끝나?

−+왜?

=+그냥 오늘 니네 학교나 갈려고.

−+진짜? 나 4시에 끝나. 올 때쯤 다시 연락해.

=+그래. 좀 있다 보자.

★45★

"표정이 좀 좋다?"

"그… 그래?"

"무슨 좋은 일 있냐?"

"좋은 일은 무슨~."

표정에 드러났나 보다. 자제해야겠군!!

아무튼! 기쁜 건 기쁜 거다~! 이시우군 어떤 모습으로 나타날지 매~ 우 기대되는구나!

"자제 좀 하지? 섬뜩하다니까."

"알았어. ^o^"

"그래도 좋댄다~."

"……."

기생 말은 최대한 썹어주고, 어느덧 5, 6교시 재빠르게 지나가 버렸다.

수행평가 때문인지 반 폐인이 된 모습으로 나타난 옥영이와 같이 교실을 나왔다.

'0' 번을 길-게 눌렀다.『011-9332-XXXX – 시우』

=이시우 입니다.

-수연이! 지금 어디야?

=교문 앞! 넌 어딘데?

-나 지금 끝났어~. 수연이 날아간다. 크크-

=하하! 그새 배웠냐?

-엉~ 아무튼 끊는다.

뚝-☆

전화를 끊고 나니 옥영이가 _멀뚱멀뚱_ 바라본다.

"누구야? 재환이는 아닌 것 같고."

"애인~!"

"니가 애인이 어디 있어!"

"있어~ 이. 시. 우!!"

자랑스럽게 시우의 이름을 내뱉었다.

"이… 시우? 목동 아원고 이시우 말하는 거야?"

"그래~!!"

"뭐야. 예전에 사귄 거라며!!"

"다시 섞였다."

"또 구라깐다. 아무튼 구라쟁이 라니까!!"

"진짜라니까! 보여줄까? 보여줘?"

53

"별로 믿기진 않지만 보여준다고 하면 보지… 뭐."

"크크!~ 따라와 봐~."

옥영이의 손을 잡고 파-다닷 축지법-_-을 쓰며 재빨리 내려왔다.

교문 쪽을 바라봤다. 재환이 때처럼 _바글바글_거리지는 않지만 힐끔_쳐다보고 가는 여자아이들이 꽤-보인다. 그리고 멀리 오토바이에 기대어 담배를 피우고있는 시우.

저 오토바이는 뭐지?

들뜬 마음으로 한 걸음씩 시우에게 다가갔다.

"이시우!"

"어? 왔어?"

"웅!! 근데 웬 오토바이야?"

"버스 타기 귀찮아서 빌려왔어."

역시 이시우!!

"근데 너 오토바이는 탔었나?"

"이 정도는 기본이지."

톡톡☆★

"야! 신수연. 얘가 이시우였어?"

옥영이 논, 팔꿈치로 허리를 톡톡 쳐댄다. 감정이 실린 듯하다. 아프다. ㅜ_ㅜ

"응! 맞아~."

"오우~ ☆기대 이상인데~."

속닥속닥-_-귓속말하는 옥영이. 굳이 그렇게 하지 않아도 되는데 간지러워 죽겠다.

"어? 옆에 있는 애는 누구야?"

"함 맞춰봐!"

"재환이 여자친구 아냐?"

"뭐야, 어떻게 알았어?"

"재환이가 그러던데? 너 이 학교에서 여자친구가 한 명뿐이라고…. 큭큭!"

김재환! 이… 썩어 문드러질 놈!! 남의 가슴아픈 얘기마저 아무렇지 않게 말하다니! 젠장할~.

마음 아파하는 나를 냅두고 옥영이는 재환이 놈을 만나러 간다며 휘리릭_가버렸다.

난 오토바이 뒷자석에 타고 우리 집으로 향했다.

삐용삐용~★

얼핏 들으면 80년대 풍 게임소리라 생각할 수 있는 소리를 내는 오토바이. ㅜ_ㅜ 쪽팔린 맘에 아파트단지에 도착할 때까지 시우 놈의 넓은 등에 얼굴을 파묻고 있어야만했다.

+아파트단지.

"야야! 왜 하필 빌려도 이런 요상한 소리나는 걸 빌렸어!"

"아하하! 재밌잖아."

-_-재밌는 것도 많다~. 아무튼 이 놈은 너무 필요이상으로 취향이 독특하다니까!

"재밌긴! 쪽팔려 죽을 뻔했구만. 글고! 오토바이 자주 타지 마."

"응?"

"자주 타지 말라고."

"왜? 이거 편하고 좋은데~."

"위험하잖아. 너 조심성도 별로 없고!"

"내가 무슨!"

"아무튼 위험해! 가끔씩만 타!! 알았지?"

"괜찮아…."

"그래도 가끔씩만!"

"괜찮다니까~."

"이. 시. 우!"

"알았어. 가끔씩!"

딴 곳을 보며 말하는 시우.

"아~ 목마르다."

"우리 집 들어갔다 갈래?"

"나중에~ 근처에 커피숍 없어?"

단지 내에 오토바이를 세워두고 커피숍으로 갔다.

"여기 꽤 괜찮네?"

"그치? 어디 앉을래?"

"저-기."

시우가 가리킨 곳은 밖이 환하게 보이는 창가도 아니고, 중앙
에 있는 좋은 자리도 아닌!! 어두컴컴한 구석진 곳이었다.

자리 고르는 것마저 특이했다!

★46★

"저-기 말하는 거야?"

"응!"

"창가도 아닌데?"

"응."

"어두컴컴한 대?"

"왜~ 어두컴컴한 게 좋잖아~."

"에?"

시우는 무작정 자기가 가리킨 곳으로 데리고 갔다.

자리에 앉자 바로 앞에 있는 시우의 얼굴조차도 제대로 보이
지 않았다.

"야~ 딴 데 앉자. 여기 너무 어두워. 니 얼굴도 안보이고…."

"난 니 얼굴 안보이니까 좋은데? 하하!"

"그래?-_-다시 한번 말해보지 않으련?"

"아, 아니야."

이시우 쫄았다. 사실은 알 수 없지만 내 느낌상 그랬다. 그리

고 우린 레모네이드 두 잔을 시키고 세 시간을 내리 얘기했다.

한참을 얘기하다 갑자기 말이 끊겼다.

꼭 힘든 일 있으면 언제든 내가 달려갈 테니 연락해요 ♫

때마침 유노의 '연락해요'가 흘러나온다. 요즘 내가 굉장히 원츄♡하고있는 노래닷!!

"시우야! 너 이 노래 알아?"

"아니."

"이걸 몰라?"

"방금 들렸던 부분은 좀 알아."

"노래 좋지?"

"엉."

"불러봐!"

"모른다니까. 방금 들었던 부분도 가사만 대충 알아."

"그럼 가사만 말해봐."

"에? 갑자기 왜 그러냐?"

"말해봐~ 이잉~."

약간의 애교 섞인 목소리로 몸을 부르르-떨며 말했더니 이시우 놈 기분이 매우 언짢은지 바로 말한다.

"언제나 달려갈 테니 연락해요?"

"잘해쓰~! 그럼 뭐 느껴지는 거 없어?"

"그것 때문에 그런 거야?"

"눈치하난 빠르다니까~!"

"푸-하하!! 그래. 언제나 연락해라! 바로 달려갈 테니~."

"푸히힛!! 뭘 달려와~. 이시우 날라 다니잖아. ㅋㅋ"

"아~ 그렇지. 그래! 시우, 바로 날라 오마."

푸히힛~!! 억지 약속하나 받아냈다. 배고픈데 돈 없을 때 마구- 불러대야겠군!

"근데 시우야. 여기 진짜 어둡다."

"좋잖아~ 뽀뽀하기에도. 하하하!"

"뭐, 뭐가! -///-뽀뽀는 안 돼~!"

"장난이야."

"그, 그래?"

"너 은근히 바랬나보다?"

"아니야!!"

에씨!! 좋다 말았네!!

뭐여!! 남자가 한번 내뱉은 말은 어떻게든 실천해야 되는 거 아냐? 괜히 기대했잖아!!!(참고로 처진 눈은 원래 이런 애다.)

"뭐야? 너 진짜 기대했던 거야?"

"아, 아니야!"

"아니면 말고~ 난 너 생각해준….”

"뭘 생각해!"

"너 첫키스 이런데서 하면 좀 그렇잖아."

"누가 첫키스라는 거야!!"

"아니야?"

60

"그, 그래. 아니야."

"정말 아니야?"

"아, 아니라니까!"

"흐음~ 그래?"

또 등장했다. 저 말투! 시우 놈의 trade mark~☆ 얄미운 여우같은 놈!

"그렇다니까! 너… 도 안 해봤잖아!"

"너. 도?"

"이씨! 그래, 나 아직 안 해봤다. 이유는 지조를 지키….”

"하하!! 이유까지 말할 필욘 없고~."

으으~ 진짜 얄미워 죽겠다. 어쩜 저렇게 한마디도 안질 수가 있는 거지?

"허리 아프다. 그만 일어나자."

자기도 분명 안 해봤으면서 남을 이렇게 놀려대다니!(그런 적 없다.)

"어이~ 안 갈 거야?"

이시우 목소리가 멀리서 들린다. 정신을 차려 앞을 봤을 땐 그 놈의 자리는 비어있었다.

"신수연!! 여기다. 여기!"

카운터 앞에서 큭큭_대며 웃고있는 시우. 손가락을 까딱_인다.

"야야, 잠깐!"

"얼릉 나오셔~."

"계산은? 계산은 했어?"

"글쎄다~? 빨리 와. 먼저 간다~."

딸랑거리는 작은 종소리와 함께 커피숍 밖으로 나가는 시우.

뭐야!! 계산 내가 해야되는 거야? 나 돈 없는데 어떡하냐!

"저, 저기요~ 언니. 여기 얼마예요?"

"8,000원이에요."

"허-업!! 어떡하죠? 제가 지금 5천 원 밖에 없는데 좀만 깎아

주시면 안 되요?"

"푸훗! 방금 그분이 다 계산하셨어요~."

"네?"

"빨리 안 쫓아가세요? 벌써 가셨겠네.^-^"

이런~!! 이시우!! 죽었어!!

"뭐야! 계산 안 했다면서?"

"안 했다는 말은 안 했는데."

"그게 그 말이지! 이씨! 너 때문에 쪽 당했잖아!"

"큭큭…."

시우 놈은 뭐가 그리 좋은지 옆에서 재수 없게 웃고만 있다.

"아! 우리 아까 하던 얘기마저 해야지!"

"뭐?"

"아까 우리 얘기했던 거…."

"아까. 뭐?"

62

그래! 이시우는 원래 한번 마무리 지은 얘기는 기억을 하지 않는 놈이지.

"됐다."

"뭔데~."

"됐대니까!"

성큼성큼_앞으로 먼저 걸어갔다.

"키스?"

"뭐, 뭐!!"

"그 얘기 아니야?"

"됐어. 빨리 집에나 가자고~."

"쳇! 나만 첫사랑, 첫 키스 얘기 다 하게 생겼네."

"됐… 다니까."

"음~ 그러니까…."

"……."

난 샤라 마우스하고 조용−히 시우 쪽으로 귀 기울였다. (다시

한번 강조한다!! 신수연 원래 이런 아이다.)

"그러니까~ 첫 뽀뽀는 엄마한테 빼앗겼었고."

"뭐야!"

"두 번째 뽀뽀는 8살 때 옆집누나한테 빼앗겼고."

저것이 지금 장난하자는 건가! 근데 옆집누나라니 어떤 놈이

야!−_−^

"세 번째는 9살 때 앞집 아줌마한테."

"뭐여…."

"네 번째는 10살 때 선생님한테!!"

"넌 1년마다 뽀뽀했냐?"

"응! 이렇게 쭈-욱 13살까지 있는데."

"그럼 그 다음은 같은 반 짝꿍이겠다?

"귀신이네!"

장난하는 거지? 시우야!

"하하! 그럼 뽀뽀는 약하니까 한 단계 업그레이드 시켜서 키
스로 넘어가자."

그래. 난 이걸 원했었어! 다시 한번 조용히 귀 기울였다. -_-

64

"키스는…."

"응."

"16살 때, 밤길 가다가 당했어."

"뽀뽀도 아니고 키스를 당… 했다고?"

"응."

"가만 냅뒀어?"

"아니~ 재환이 죽도로 몇 대 툭-툭 치고 냅다 도망갔지."

주, 죽도라! 아~ 쓰린 기억…. (5편 참조)

"그럼 그 후는 없는 거네?"

"응."

"뭐야~ 괜히 기대했네."

"하하! 그럼 네가 나중에 기대한 만큼 해줘."

"……"

"이시우 입술! 순결 지킬 테니까~."

"좋아!☆ 누나가 제대로 한번에 해주마!"

시우 놈의 말이 떨어지자마자 대답한 처진 눈. 그래! 난 어쩌면 이 말을 은근히 기대하고 있었는지도 모른다.

꺄아아~ ♬시우 놈과의 첫 키스라~ 언제 덮쳐버리지?

★47★

시우 녀석의 터무니없는 뽀뽀사건을 다 듣고 바로 우리 집으로 향했다.

역시! 오늘도 시우는 우리 집 현관에 들어서자마자 다시 아빠한테 잡혀 PC방으로 끌려−_−갔다.

하아~ 볼 때마다 불쌍하다니까!

+다음 날이 밝았다.

_부비적부비적_거리며 방문을 나가자마자 하마터면 뒤로 나자빠질 뻔했다.

거실엔 남정네 둘이 뒤엉켜 자고있었다. 한 사람은 우리아버지. 또 한 사람은 이시우.

"으… 음~ 일어났어?"

"으, 응!"

이 녀석 또한 눈을 _부비적_거리며 게슴츠레 뜬다.

"몇 시야?"

"응? 지금… 7시 30… 으악! 늦었다!!!"

"응?"

젠장! 늦었다!!

서둘러 화장실로 직행해 대충 머리감고, 방으로 들어가 대충 대충 교복을 입고 밖으로 나왔다. 머리에서 물이 뚝뚝-떨어진 다. 크아-!!!

"수연이 학교 다녀올게요~."

고----------요!! 했다.

엄마는 아직도 주무시나보다.

아무튼! 죽어라 뛰면, 아슬아슬하게 지각은 면할 수 있을 거 다.

현관문을 열고 밖으로 한 발짝 내딛었을 때.

"늦었다며! 데려다 줄게."

참으로 반가운 소리가 들려왔다. 그리고 녀석은 친구의 오토 바이로 쾌속 질주-_-를 하며 학교까지 데려다주었다.

"우~ 와! 짱이다. 너무 빨리 온 것 아냐?"

"그럼 내가 바이크의 달인 아니냐!"

"또 자기 붕붕 띄운다. 그러다 날아가지~!"

"하하! 아무튼 들어가라. 수업 중에 졸지 말고!"

아직도 _부비적_거리면서 말은 잘한다.
"당신이나 그만 _부비적_거리셔!!"
"하하!"
"어제 몇 시까지 게임 한 거야?"
"아~ 함. 6신가? 아무튼 빨리 들어가!"
"알았어, 근데 우리 집에 계속 있을 꺼야?"
"아니. 좀 있다가 가야지."
"어디?"
"목동 집."
"그럼, 좀 있다가 문자 보낼게."
"엉~."

교실로 향했다.

시우 녀석은 뒤에서 부비적 거리며 졸린 눈으로 계속 바라보고 있다. 그리고, 내가 잘못 본 게 아니라면 호흡이 굉장히 빠른 듯했다.

+교실 도착!!

기생 놈은 벌써부터 엎어져있다.
"기생~ 나왔어!"
기생 놈을 툭-쳤다.
"아!! 아침부터 맞고싶지?"

화들-짝!!★★

그냥 툭-친 것뿐인데 기생 놈은 벌-떡 일어났다. 나도 모르게 힘이 들어갔나 보다.

"미, 미안!! 감정은 없었어! 너 근데 안색이 좀 안 좋다? 어디 아파?"

"아니, 그냥."

"왜 그래! 그렇게 아팠어?"

설마 내가 때린 것 때문에 그런 건가? 괜스레 미안해졌다.

"왜, 왜 그러냐구!!"

"속."

"속?"

"속이 안 좋아."

"왜? 뭐 잘못 먹었어?"

"부탁 하나만 하자. 술 깨는 약 좀 사와 봐."

ㅡ ㅡ…

저 또라이 같은 놈!!

"학교에 술 깨는 약이 어디 있어!"

"양호실."

"양호실에 그런 게 어디 있냐! 그리고, 있다 쳐도 안 줄거야!"

"그럼 밖에 나가서 사오든지."

"이 시간에 밖에 어떻게 나가. 교문에 선생님 있는데."

"담 넘어."

"담을 어떻게 넘어!"

"재환이가 얘기해줬어. 너 담 잘 넘는다며~."

미네럴~ 김재환! 그 쪽팔린 얘길 왜 여기저기 퍼뜨리고 다니는 거야!

"됐다. 그냥 물이나 마셔! 내가 정수기에 떠다 줄게."

"우욱! 진짜 죽을 것 같아."

"아~ 진짜 가지가지 하네! 알았어!"

내가 짝꿍이어서 봐준다. 담 넘기는 글렀고(담에 유리병조각 박아놨다. 젠장!) 어쩔 수 없이 목숨 내놓고 양호실로 향했다.

"선… 생님~."

문을 빼—꼼히 열었다. 언제와도 여기는 정말 치떨리는 공간이다.

여고괴담의 '늙은 여우'와 매—우 비슷한 양호선생님이 계신 이곳. 두렵다!!

"응? 왜 그러니?"

"저, 저기요….""

"빨리 말하렴~. 선생님 바쁘거든?"

"헤헤~ 선생님…."

"왜!!"

"술 깨는 약 좀 주세요!!"

"왜!!"

혹시라도 선생님의 표정이 궁금한 사람은 학교 양호실에 가서 똑같이 말하면 알 수 있을 것이다.

퍽!!###

"아야! 아파요."

물론 표정뿐만 아니라 강한 펀치한대도 감수해야 할 것이다.

"뭐?? 술 깨는 약?"

"네…."

"너 어제 술 마셨어? 킁킁! 그래 좀 냄새가 나긴 하네. 대체 얼마나 마신거니!!"

술 냄새라뇨!! 이 냄새는 비누로 대충 감은 제 머리 냄새인 걸요. ㅜ_ㅜ

70

"아, 아뇨. 그게…."

"으휴! 아무튼 요즘 애들은!!"

"저, 저기… 선생님…."

"알았어. 이번만 주는 거야! 수업에 지장 있음 안되니까."

'늙은 여우' 샘은 알약 하나를 내 손에 쥐어주시고는 수업에 지장 있다고 할 때는 언제고 술에 대한 설교를 시-작 하셨다.

난 2시간 가까이의 설교를 듣고서야 치떨리는 공간을 나올 수 있었다.

그리고 교실로 죽어라 뛰었다. 뛰는 동안 복도에 애들이 있는 걸 보니 쉬는 시간인 듯했다.

"헉헉! 기생… 나 왔어."

"……."

"술 깨는 약 구해왔어."

"만들어서 왔냐?"

"말하는 거하곤! 설교 듣고 왔다. 언농 처먹기나 해라!!"

"설교?"

"그래! 얼릉 먹어! 물은 니가 갖다먹고! 아~ 힘들어 죽겠네."

차라리 몇 대 맞고 말지 2시간 설교는 정말 못 들어주겠다. 가만히 앉아 '네네' 밖에 안한 것 같다.

바로 책상에 엎어졌다. 그리고 스트레이트로 잤다.

그리고 그 날은… 후에 옥영쒸가 말했는데 6교시까지 텐리와 나의 눈뜨고 있는 모습은 볼 수 없었다고한다.

그래도 종례시간엔 눈 뜨고있었다. 담임의 종례가 오늘따라 필요이상으로 길다!!

옆 반 어떤 여자애가 술집에 나가다 걸렸다고, 몇 십분 동안 얘기하고 계신다. 아악악! 지루해 죽겠다!

지----이잉★ 문자도착!

=+시우다. 오늘 목동 올 수 있어?

-+응! 학교 끝나자마자 바로 갈게~.

담임이 한창 종례하고 있을 때 몰래몰래 답문을 보냈다.

"이만. 종례 끝!"

드디어 담임의 종례가 끝났다! 아싸라바리!

파다닷!!_발에 모터를 단것처럼 목동으로 바로 날랐다~. 버스를 타고 40분 정도 후에 목동에 도착할 수 있었다.

0번을 길–게 눌렀다.

'TIM의 사랑합니다' 컬러링이 흘러나온다.

=이시우 입니다.

−수연이! 나 지금 목동인데….

=벌써 도착했어? 어딘데!

−목동역.

=기다려, 금방 나갈게.

전화를 끊은 지 5분만에 시우가 도착했다. 그러고 보니 시우
네 집이 이 근처라고 했었다.

"빨리 나왔네?"

"가깝잖아."

"목동엔 왜 오라고 했어?"

"선생님 좀 뵈러 가야되거든."

"경석씨♡?" (1학년 때 담임.)

"하하! 경석씨 말고…."

"뭐 상관없어. 그래도 경석씨♡는 보니까~."

그래! 오랜만에 선생님을 뵙는구나! 시우와 함께 몇 달 전까지
다녔던 아원고등학교로 향했다.

그 전에 나비에게 전화를 했다.

=왜!

말하는 싹퉁머리 하곤!

−나 지금 목동이다.

=목동? 웬일이냐?

−지금 학교로 가는 길이야. 니네 언제 끝나?

=오늘은 5시 조금 넘어서 끝날 것 같은데.

−알았어! 가서 기다리마.

=응!

+아원 고등학교 도착.

아~!!! 이게 얼마 만이냐!

서둘러 교무실로 달려갔다. 내가 가장 좋아했던 경석씨♡를
보러 바쁘게 달려갔다. 운동장을 가로질러 지나가는데 체육 하
는 아이들이 빤−히 쳐다본다.

"어? 쟤! 이시우 아니야?"

"어디어디?"

"저−기 다른 학교 교복입고 가는 애랑 가는 애."

내가 아닌 시우를 빤−히 쳐다본 거였다. 난 자랑하는 듯이 시
우 팔을 잡아끌었다!!

얼마만큼의 효과를 볼 것인가!!

"뭐야! 쟤!"

"저, 빨간 머리. 예전에 시우하고 사겼던 애 아냐?"

"뭐야! 쟤네 아직도 안 깨졌어?"

오예에!! 효과 만점이었다.

★48★

난 더욱더 자랑하는 듯이 시우 옆에 찰-싹 달라붙어 현관까지
갔다. 희미하게 분노 섞인 목소리가 들렸다.

이시우의 반응은 크게 웃으며 내 쇼에 한목 거들어 주고있었
다.

애들의 부러움을 사면서 교무실 앞에 도착했다. 시우는 주임
선생님을 찾아갔고, 난 눈동자를 사정없이 굴려 경석씨♡를 찾
았다.

아아앗! 발견!!! 용수철처럼 튕겨서 경석씨 앞으로 갔다.

"선생님!"

"어이쿠, 깜짝이야. 뭐야! 이게 누구야! 수연이 아니냐!"

"엉엉-0-선생님. 보고싶었어요!"

"그래 이 녀석아. 전학간 학교에서는 잘 지내는 거냐?"

조-용하기만 했던 교무실은 나 때문에 시끌시끌_해졌다.

주위에 선생님들은 조용히 째려보시고, 저-멀리에 있는 시우
놈은 나를 무시하고 있었다.

하지만 사제지간 상봉-_-은 점점 난이도를 높여만 가고 있었
다.

결국 교감선생님에 의해 밖으로 내쫓겼다.

"근데, 이 녀석! 아직까지 빨간 머리냐!"

"아시잖아요~. 이거 천연인 거."

"그거 믿는 사람 나 밖에 없다! 전학간 학교에서는 아무 말씀 안 하던?"

"네! 별로 이런 거 신경 안 쓰는 핵교예요."

"크하핫! 잘됐구나!"

저 웃음은 여전하시네.

"근데 여긴 어쩐 일이냐? 나 보러 왔을 리는 없고⋯."

"선생님 뵈러온 거예요!"

"시우 봤다, 이 녀석아!"

"히히. 시우 따라 왔기는 했지만 진짜!! 선생님 뵈러 온 거라니까요~."

"으하하! 알았다. 믿어주마!"

나의 사랑 경석씨♡와의 대화를 더 얘기하고 싶었지만 지루할 수도 있으니 여기서 이만 끝내겠다.

경석씨♡와 아쉬운 이별을 하고, 선생님과 대화중인 시우를 내버려둔 채 나비와 재환이를 찾으러 다녔다.

마침 옆으로 어떤 여자애가 지나간다.

"김재환 알아?"

"재환 오빠요?"

"오빠지는 모르겠고, 검도 하는 김재환!"

"네, 재환오빠요! 왜요?"

"걔 좀 만나러왔는데 몇 반이야?"

"1학년 5반이요!"

아직 수업중인 학교, 굉장히 조---용했다.

"1학년 5반… 5반이 어디 있냐?"

중얼거리며 5반만을 죽어라 찾았다. 그리고 구석에 처박힌 5반을 겨우 찾아냈다.

아직 수업중이기에 창문으로 살-짝 안을 들여다봤다. 한참을 두리번거리다가 발견한 김재환!!

재수 없게도 나하고 같은자리에 앉아 있었다. 그리고 나와 똑같이 잠을 퍼질러 자고있었다.

몇 분을 그렇게 김재환의 자는 모습을 지켜보고 있었다.

삐빅!★☆문자가 왔다. 시우였다.

=+지금 어디야?

−+ 1학년 5반 앞!!

=+거긴 왜갔어?

−+ 재환이 보러~. 너도 와~.♡

시우와 문자를 보내면서 재환이를 기다리고 있었다. 끝날 시간이 다가왔다.

"으이? 니 뭐꼬! 어느 핵교 학생이야!"

누군가 날 가리키며 이쪽으로 오고있었다. 한 손엔 얇은 매가 들려있었다. 헉! 예전 학주였다.

매일같이 내 머리가 빨갛다고 뭐라고 하던 학주!!

"뭐꼬? 이 머리는. 왜 이렇게… 으잉? 신. 수. 연. 이!!"

"…네?"

"신수연이!! 니가 여기 웬일이냐?"

"하하! 그냥…."

"1학년 5반이라… 여기 김재환이 반인데?"

"하하!"

"기다리는 거냐?"

"그냥, 뭐…."

난 언제나 학주 앞에서만은 작아진다. 저 전기철사(얇은 매)에 맞아봐라. 아~ 주 죽는다!!

"대답 똑바로 안 해!!"

"네! 기다리고 있습니다."

"호오~ 그래? 그럼 내가 김재환이 불러주지 뭐!"

"아, 아뇨! 그렇게 하실 것까진 없고요!"

학주는 내 말은 쌩-무시하곤 5반 앞문을 화-악 열어 제꼈다.

"아, 선생님 잠깐 실례 좀 하겠습니다!! 어~ 이 김재환이 밖에 뻘건므리 왔다!"

뻘건므리. ㅜㅜ

그래. 예전에도 학주는 날 저렇게 불렀었지.

내가 무슨 슬램덩크의 강백호도 아니고…. 크흑!

"김재환이!! 밖에 뻘건므리 와있다니까!!"

"저, 저기요~ 선생님!"

"뻘건므리 왔다!! 타 학교 뻘건므리 등장했다. 김재환이!!"

선생님!! 신~ 났다!! 분명 일부러 저러시는 것일 거다. 나 쪽팔리게 하기 위해서.

젠장. 이럴 줄 알았으면 나비네 반부터 가는 건데.

학주가 그 놈의 뻘건므리를 사정없이 외쳐대는 바람에 다른 반 아이들까지 모두 밖으로 나왔다. 그리고 앞문으로 천천히 나오시는 김재환!!

"김재환이! 뻘건므리 왔다!!"

"저기 선생님. 그 뻘건므리 그만 좀 하시면 안될까요?"

"왜!!"

"듣기 좀 그런데….."

"그럼 뻘건므리라고 안 부르면 뭐라 하노!!"

"……."

이름을 불러달라고 하고싶었지만 그건 더 개쪽 이기에 가만히 있었다. 김재환은 킥킥대며 날 쳐다보고 있다.

"저 교복 어디 학교야?"

"재환 오빠하고 아는 사인가?"

"그냥 재환 오빠 좋아해서 여기까지 온 거 아니야?"

"웅성웅성."

또 웅성웅성 거린다.

왜 난 어딜 가나 여자 애들의 갈굼을 받난 말이다. 아무튼! 학주 때문에 되는 일이 없다니까!!

"뻘건므리! 김재환이 불러줬으니 하고 싶었던 말하지?"

"하고… 싶은 말이라뇨?"

"하고 싶은 말 있었던 거 아니었어? 고백이라던가…."

"고, 고백이요?"

하… 역시 학주!!

"뭐? 고백?"

"역시 좋아해서 여기까지 쫓아온 거였네!"

"징하다. 진짜!"

"재환 오빠가 지 까짓 것을 쳐다보기라도 한대냐!! 하하하."

학주의 얼토당토한 말에 아이들은 또 다시 상상의 나래를 펼치고 있었다.

나는 쪽팔림과 민망함에 고개를 숙이고 있었고, 김재환은 애들에게 브이(V)자를 그려주고 있었다.

저, 썩을 놈!!

"재환 오빠! 빨간 머리 고백 받아주면 안돼요~."

"당연하지!! 난 빨간 머리는 싫다."

"히히! 우리는 오빠만을 믿을게요."

"그럼~ 난 너희밖에 없는 거 알잖아~.♡"

저 놈도 신났다~!!

내가 개봉동 가서 옥영양한테 다 말해버릴 거다. 그리고! 나도 양다리 걸치는 놈과는 안 사귄다 이거야! 퉤-엣!

5층 복도는 금방 난장판이 되어버렸다. 여자 애들은 단체로 나와 재환이와의 대화의 시간을 가졌고, 나만 _쭈뼛-쭈뼛_ 서있었다.

그리고, 학주는 신났다!-_- 아무래도 애들을 들여보낼 생각
이 없는 듯해 보였다.

한참을 그렇게 민망하게 서있었을 그때!!

"신수연! 지금 뭐하고 있는 거냐?"

어디서 많이 듣던 반가운 목소리! 이시우의 등장이었다.

★49★

"시우야!!"

난 시우에게 쪼르르- 달려가 옆에 찰-싹 달라붙었다. 다시
한번 아이들의 눈길이 나에게로 쏟아지는 것은 당연지사!!

"뭐야, 저 빨간 머리!! 재환 오빠 좋아하는 거 아니었어?"

"갑자기 뭐냐? 저 사람 나타나니까 바로 가버리네?"

"웅성웅성."

저 꺄아꺄아 논들! 또 시작했구나! 이젠 지겹다. 내가 뭐만 하
면 저렇게 시끄럽게 떠들어대니!하지만 저 아이들은 그게 즐거
움인가보다. 아직까지 지네들끼리 떠들어대고 있다. 젠장~.

"얼레? 이게 누꼬! 3교시 이시우 아니야?"

3교시 이시우라…. 정말 멋진 별명이야! 내가 지금까지 들어
본 이시우 별명 중 저게 최고다.

"하하! 선생님 3교시라뇨~! 일찍 올 때도 있었어요."

"가끔!"

"하핫!!"

"근데 느그들 여긴 오늘 어쩐 일이여?"

"복학문제 때문에 수연이 제가 데리고 온 거예요."

"느그들 증말 사귀는 거 마자 꼬마!"

"하하! 아직까지 안 믿으신 거예요?"

그래! 학주는 필요이상으로 시우와 나의 관계를 부정했지!
분명 내가 딸린다고 생각해서였을 꺼다!!

땡땡땡_ ♬

얏호!! 종이 울렸다. 난 이제 학주에게서 해방이닷!!

"뻴. 건. 므. 리!! 앞으로 자주 놀러오고 케라!!"

"아하하! 당연하죠~. 오지 말라고 하셔도 올 거예요"

"흠흠!! 너무 자주는 말고!"

"1-3-5-7로 올게요."

"뭔 소리여?"

"띄엄띄엄-_-온다구요~!!"

학주샘은 내 말을 무시한 채 어디론가 바삐 가버리셨다. 스
퐁!! 나도 이거들은 거란 말예욧!!

"푸하하! 뭐냐?"

꺄아꺄아논들도 저-멀리서 내 얘기를 들었는지 날 보면서 키
득키득 거리며 웃는다.

"야, 김재환. 빨리 와! 나비한테 가야지!"

왠지 모를 민망함에 김재환을 불렀지만 그 놈의 반응은 완전

무---반---응 이었다.

그 후 난 정확히 다섯 번을 더 불렀다. 하지만 계속 반응 없이 꺄아꺄아눈들과 떠들어대는 김재환!!

난 한걸음에 그 놈에게 다가갔다.

"어이~ 김재환이!"

"......."

일곱 번.

"야! 김재환!!"

"......."

여덟 번!!

"그래? 무시한다 이거지? 넌 죽었어!"

난 더욱더 바짝 다가가 그 놈의 귀때기를 사정없이 잡아당겼다. 그리고 시우가 있는 곳으로 향했다.

"아악, 뭐야! 아파! 야야! 신수연. 아프다고!"

"아파야지 정상이란다."

"야야! 아프다니까! 좀 놔봐!!ㅜㅜ"

"시끄럽다. 그러기에 누가 여덟 번 무시하래?"

"난 일곱 번 무시했는데.-_-"

"이 잡것이! 그럼 들렸으면서 모른척했다는 거냐?"

난 더욱더 사정없이 재환이놈의 귀를 잡아당겼다. 옵션으로 놈의 귀에 고래고래 소리를 지르며 끌고 가고있는데 누가 내 앞을 가로막았다.

꺄아꺄아 논들이었다. 똥 씹은 듯한 표정으로 나를 야려 보고
있었다.

아~ 주 귀엽게 노는구나~!

"이봐요, 지금 뭐 하는 짓이에요?"

"뭐가?"

"빨리 그 손놔요! 재환 오빠 아프잖아요!!"

"네가 뭔 상관인데?"

후비적. 후비적—.,—

"상관 있으니까 빨리 그 손놔요! 놓으라고요!!"

"싫다면?"

"아악악!! 놓으라고!"

"야, 지금 내가 네 귀 잡고있냐? 왜 소린 지르고 그려~. 고막
터지겠네."

"이게 진짜!!"

"진짜든 가짜든–_–좀 비키시지? 화—악! 담뱃불로 지져 버리
기 전에!!"

"뭐, 뭐?"

"다시 한번 말해 줘? 담뱃불로 지져 버리기 전에 비키라고!!"

꺄아꺄아 논들은 약간 움찔하더니 바로 비켜주었다.

아무튼 예전부터 아원고 여자 애들은 깡이 없었다니께~. 물
론, 나도 그렇고.

다시 열심히 재환이 놈을 끌고 시우 놈 쪽으로 데꼬 왔다. 그

리고 털어 내듯이 재환이 놈 귀를 손에서 떼었다.

"아악! 넌 놔줄 때만이라도 곱게 나주면 안되냐?"

"안 돼."

"아무튼! 넌, 계집애가 너무 드세!"

"또 한번 잡혀볼텨?"

"정중하게 거절하겠다."

"푸히히! 야, 시우야. 김재환 종례 끝나거든 중앙현관에 나와 있어. 알았지?"

"어디 갈라고?"

"나비한테 그논 지 안 데릴러 오면 삐친다니까~. 아무튼 중앙 현관이다!"

덤으로 재환이 놈에게 간단한 쌍 빽큐+艸+를 날려주며 나비 네 반으로 뛰어갔다.

나비네 반은 종례 중이었다. 그리고 기--인 종례를 끝내고, 파다닷_중앙현관으로 내려갔다.

아직까지 귀를 만지작_거리며 씩씩대는 재환이 놈과 무표정 으로 멍하니 먼-산만 바라보고 있는 시우 놈이 보인다.

"아직까지 씩씩거리고 있냐?"

"아프단 말야!! 글고, 뭐야! 왜 이렇게 늦게 왔어!"

"많이 기다렸다는 듯이 말한다?"

"존나 많이 기다렸거든?"

"기다려 봤자지!! 5분? 10분?"

"10분. -_-"

하~ 내 주위에는 이런 놈들밖에 없는 걸까? 그냥 꺄아꺄아 논 들과 놀게 내버려둘 걸 그랬나보다.

"근데, 이시우! 넌 뭐하는 거여?"

멍하니 어딘가를 바라보고 있는 시우를 툭_쳤다.

"뭐해? 이시우!"

"변식이 보고있어."

아무 표정 없이 말하는 시우.

근데 변식이 라면 아담이라고도 불려지는 여고에만 주로 나타 난다는 그를 말하는 건가?

난 조심스럽게 물어본다. 그가 맞는지 궁금했기에….

"변식이라니? 어디에?"

"저~ 기 산에."

난 시우가 가리키는 곳으로 두 눈을 맞추었다. 궁금해서다.

허어--업!!

하필이면 변식이가 한창 자기 일에 충실히 하고 있을 때 보고 말았다.

우욱!! 괜히 봤다. 하지만 저런 토 쏠리는걸 이시우는 계속 뚫--어져라 보고있다.

"어? 둘이서 뭘 그렇게 뚫어지게 보고있냐?"

"재, 재환아."

"뭐가 있어? 어, 어? 뭐야! 저거 아담 아냐~?"

"하하!"

"뭐야! 신수연. 내가 너무 밝히지 말라고 했지!"

"아, 아니야!"

"이시우는 원래 가끔가다 이러니까 상관없지만 넌 좀 심하잖
아."

"아니라니께!!!"

"됐다!"

젠장할~!! 괜히 이시우 따라서 봤다가 나 완전히 변녀로 찍혀
버렸다.

★50★

"어땠어?"

"뭐가 어때!"

"아담 말이야, 아담! 아~ 주 넋 놓고 보셨잖아."

"누가 넋을 놓고 봤다고 그래!"

"또, 또 발뺌하신다~. 크크-그냥 사실을 인정하셔~."

지구를 떠나라. 새꺄!

"난 우연찮게 보게된 거라니까!"

"네 구라 재미없어."

"악악악! 진짜 라니까!"

"알았어, 그렇다고 쳐줄게. 됐냐?"

"뭐가!!그렇다고 쳐줘! 야, 이시우. 내가 변식이 봤냐?"

"아니라고 쳐준다니까 그러네~."

"됐어, 야! 이시우. 말 좀 해봐!"

제발 진실을 말해!! please~★

"재환이가 그렇게 쳐준 대잖아. 그냥 넘어가."

하아~ 주여…!

그동안 내가 저런 놈을 믿고 따랐다니 참으로 한심스럽구나!!

"으하하! 넌 딱 걸렸어. 신수연!"

"아, 아니야! 시우가 잘못 말한 거야."

돌아버리겠네.

"수연아…."

"왜?"

"나 있잖아…."

털----------썩!!★★

갑자기 내 어깨로 쓰러지는 시우.

"뭐야, 이시우! 왜 그래?"

"나 말야…."

"왜 그래? 어디 아파?"

"졸… 려 죽겠다."

하아~ 다시 한번… 주여_ 도대체 왜 저에게 이런 놈들만 앵겨 주셨나이까!!

"고작 할말이 그것뿐이더냐?"

"졸려서 말하는 것조차 힘들다."

"뭐여~. 그럼 얼릉 집에 가서 발 닦고, 자!"

"진심이야?"

"응."

난 정말 진심으로 하는 말이다.

"어? 그럼 우리 시우네 가면 되겠다."

시우네 집?

"괜찮지 않아? 이시우! 괜찮지?"

"마음대로…. 난 잠만 자면 돼."

"그럼, 시우네 가자! 야, 나비! 갈 거지?"

"당연한 거 아냐? 나 시우네 한번도 안 가봤는데…. 어때, 수연아?"

"뭐?"

"시우네 집 어떠냐고!"

"나도 아직 안 가봤는데…."

"뭐-어??"

그래. 시우네 집!

우리 집 근처라는 것만 알지 난 시우네를 한번도 가본 적이 없다. 약간 의아해하는 재환이, 나비와 함께 시우네로 향했다.

"야, 김재환! 이시우네 어때?"

"휑해."

"뭐?"

"휑-하다고!"

"뭐야!!그런 성의 없는 대답은?"

"보면 알아. 그 말밖에 안나와."

옆에서 재환이와 나비는 시우네 집에 대해 얘기를 하고있었고, 난 괴력의 발휘하며 비틀비틀_ 거리는 시우를 부축이며 걷고 있다.

"하…아…하…아…"

거친 숨을 몰아쉬는 시우. 분명 부축하고 있는 건 나인데 시우가 오히려 더 힘들어 보인다.

"이시우! 왜 그래? 어디 아파?"

"… 아니. 괜찮아."

"뭐야, 너! 지금 우리… 상황이 좀 바뀌지 않았냐?"

"……."

"내가 더 힘들어야 되는 건데…."

"하하."

정말 난, 매우 건강한 아이인 건가?

난 오만가지 잡생각을 하며, 시우는 가쁘게 숨을 내쉬며 시우네 집으로 향했다.

XX아파트 205동 806호! 시우네 집.

문을 열고 들어가자마자 시우 놈은 현관에서 가장 가까운 방으로 들어갔고, 나비와 난 멀뚱멀뚱_이곳저곳을 바라보았다.

재환이 말대로 정말 휑-한 공간이었다.

"지금 우리가 보고있는 게 거실 맞지?"

"그렇지."

"근데 뭐가 이렇게 없어? 어떻게 거실에 소파만 있을 수가 있어?"

"내가 말했잖아. 휑-하다고!"

"하아~ 그럼 나머지는 어디 있는 거야?"

"방에…"

"방?"

"응."

"보통 그 반대가 아닌가?"

"하하! 원래 이시우가 사람들하고 반대로 살잖아."

맞아. 원래 이시우의 사상 자체가 좀 특이한 편이지. 나와 사귄 것도 저 특이한 사상 때문이라고!!!

"방은 없어?"

"당연히 있지! 근데 너네 어째 부동산에서 집 보러 온 사람들 같다?"

"하핫!"

나비와 나는 이곳저곳을 열심히 구경해줬다.

결국 시우 놈이 자고있는 방에도 들어가 은근슬쩍 뒤져댔다.

이 놈도 대한민국의 건강한 남자인데 야한 잡지라던가 제목 없는 비디오가 있을 것이다. 분명 이 방 어딘가에 있을 텐데….

"야, 야!! 이거 너 아니야?"

이곳저곳 열심히 뒤지고 있는 나를 부르는 나비. 뭔가를 본 듯
한 말투!

"뭐야, 잡지 찾았어?"

"헛소리 하지말고! 이것 좀 봐봐! 이거 너 맞지?"

"뭐가?"

나비 눈이 가리키는 것은 탁자 위에 놓여져 있는 사진 하나.

방긋_웃으려 노력하는 여자 애 사진이 보였다. 그리고, 그 여
자아인 분명한 나였다.

"뭐야, 이거 나잖아!"

"우와~ 귀여워. 너 이거 언제 찍은 사진이야?"

"중학교 때 같은데….."

"그때도 빨간 머리에 처진 눈은 여전했었구나!"

"내 사진이 왜 여기에 있는 거야?"

"옆에 있는 남자애 시우 맞지?"

"시… 우?"

"응! 시우 이때는 머리 길었네? 반항적인 이미지-"

뭐야, 난 하나도 기억 안나. 언제 이런 사진을 찍은 거지?

"정말 옆에 있는 애 시우야?"

"응, 리틀시우. 아하하! 너네 이거 언제 찍은 거야?"

"몰라."

"몰라?"

"그래, 몰라. 기억 안나."

"그러고 보니 시우가 예전에 너 만났었다고 하지 않았었나?"

"응."

"그때 사진 같은데 정말 기억 안나?"

사진을 다시 한번 뚫어져라 봤지만 전혀 기억이 나질 않는다.

머리길이가 어깨에 닿는걸 보니 중3때인 것 같은데….(포즈는 왜 저런 건지.)

아악!!★머리 아프다. 그만 생각해야겠다.(처진 눈은 원래 포기가 빠르다.)

"이시우 깨어나면 사진하나 달라고 해야겠다."

"하하! 나도."

사진에 대한 궁금증은 바로 떨쳐버린 후. 난 다시 잡지의 행방을 추적했다.

이것들이 분명 이방에 있을 텐데 더럽게도 안 보인다.

벌---컥!!☆★

"뭐하냐, 여기서?"

깜짝 놀랬다. 저 씹새는 들어올 때 노크하나 못하나!

"놀랬잖아. 새꺄!"

"무슨 이상한 짓 하고 있었냐?"

"잡지 찾고있는 중."

"웬 잡지?"

"야한 잡지와 제목 없는 비디오. 크크-"

"푸하하! 이시우한테 그런 게 있을 것 같냐?"

"뭐야, 없어?"

"내가 저 놈을 몇 년을 봐왔건만 그런 거 하나 안 보던데?"

"거짓말!!"

"진짜야. 너무 안 봐서 게이라고 의심했었을 때도 있었다니까~."

뭐야! 그럼 결국 없는 거잖아. 시시하게~.

"어이~ 나비! 넌 거기서 뭐하냐?"

"사진 구경하지요~."

"뭐, 괜찮은 거 찾았냐?"

"여기 있는 사진들 거의 다 중학교 때 찍었나봐?"

"응, 지금하고 확실하게 다르지 않냐?"

"좀 날카로워 보여. 뭔가 불만이 많은 듯한."

"으하하! 초. 자. 연. 아 였지! 문제아에….."

초자연아라. 딱!!어울리는 별명이군. 넉살좋은 여우, 3교시 이시우, 거기에 초자연아까지…. 딱 좋아!!

"아! 재환이 너 이 사진 뭔지 알아?"

"수연이하고 찍은 거?"

"응, 쟨 전혀 기억이 없대. 넌 알아?"

"아니, 나도 그 사진은 몰라. 그거 갑자기 등장한 사진이야."

"그래? 야! 신수연. 너 진짜 기억 안나?"

"몰라요~, 난."

난 저 둘의 말은 무시하며 자는 시우 얼굴을 가지고 놀았다.

꼼지락꼼지락_거리는 게 만득이 같았다. 으흐흐-

"쟤, 뭐하냐?"

"냅둬! 원래 저런 애잖아."

"이시우도 참 불쌍하다. 신수연 분명 시우 깨어날 때까지 저럴 텐데…."

"그럼 하루종일이겠군. 이수 낮에 자면 다음 날 새벽에나 일어나니까."

"아아~! 불쌍해서 못 봐주겠다. 빨리 나가자!! 저런 잔인한 년한테 놀아나게 할 수 없어!"

저들이 날 뭐라 씹든 간에 난 꿋꿋이 시우 얼굴을 가지고 놀았다. 그렇게 한-창 맛들어 갈 때쯤!

"따라와!"

갑자기 날 끌고 가는 저들.-_-

"왜, 왜이래!"

"불쌍해서 못 봐주겠다. 집에나 가자."

"싫어!! 너네 끼리 가!"

"너 집에 안 가냐? 너네 집 멀잖아."

"버스타면 금방이여! 괜찮아, 괜찮아!"

괜찮다고 하는 나를 끝까지 끌고 가는 것들! 난 어쩔 수 없이 시우의 얼굴을 아쉬워하며 밖으로 나와야만했다.

으엉엉. 만득아!!

★51★

+어느덧 토요일.

"어쩔 꺼야! 어쩔 거냐고!! 기생 놈아!!"
"뭘, 어째!!"
"책임져! 내 몸 책임지라고!!"
아침부터 난 기생 놈과 싸우고있다. 약간 어이없는 듯한 이 말
싸움.
이유를 알아보기 위해 잠시 1시간 전으로 거슬러 올라가 보
자!!

1시간 전 즐거운 마음으로 교문을 통과하고 있을 때쯤 휘이익
_무엇인가가 강하게 내 머리를 스치고 지나갔다.
"아악!★뭐야!!"
별이 보이는 것이 난 머리를 감싸며 주저앉았다. 그리고 그때!
어디선가 들려오는 재수 없는 목소리!
"푸하하! 꼬시다, 꼬시다~!!"
지끈지끈_땡기는 머리를 감싼 채로 소리가 나는 쪽으로 눈을
돌렸다.
ㅇ_ㅇ뭐야, 저것은?
일자-로 서서 통쾌하게 웃고있는 텐리부대!

어이없다는 말은 이럴 때 쓰이는 건가보다. 그리고, 그년들은 모두 부동자세로 서있었다.-_- 동시에 보는 내가 매우-불편해지는 순간이었다.

"까르르- 통쾌하다. 통쾌해!!"

매우 즐거워 보이는 아이들. 그리고 그녀들은 돌멩이를 몇 개씩 들고있었다.

"뭐야, 니네였냐?"

"푸히히- 좀 아팠나 보다?"

"그 돌로 던진 거냐?"

"그렇다! 아하하!!"

버러지 같은 것들!

"근데 너네 오늘따라 말이 짧다?"

"응, 길게 하면 숨쉬기 힘들어서 말야~ 이해 좀 해줘라."

"기생 앞에서와는 완전 다르시네?"

"당연한 거 아냐? 아. 하. 하!"

원래 저런 것들이었구먼~.

"근데 나한테 돌 던진 이유가 뭐냐?"

"궁금해?"

"이 띨박 같은 게!! 너 같음 안 궁금하겠냐!!"

신수연! 흥분했다. 참자. 참자. 참자.

"알 거 아냐?"

"이, 또라이 같은 게! 알면은 물어보겠냐?"

"뭐? 또라이?"

"그래, 또라이! 것도 이중인격자 또라이들!"

텐리부대 얼굴이 순간 불타는 고구마가 되어버렸다. 어이없이 웃겼다.

"야, 야! 표정관리 좀 해라! 익었다, 익었어!"

"뭐!!"

"불타는 고구마 됐다고! 추하다, 추해!"

"이게!! 진짜!!"

화————악!!!★

"아아악!!"

갑자기 돌을 던지는 소녀들. 그 돌에 난 머리를 정통으로 맞았다. 심하게 아픈 것이 나 열 받았다!!

"야아아아!!! 왜 자꾸 돌 던지고 지랄이야!!"

욱-하는 성질. 난 그녀들에게 빠른 속도로 다가갔다. 조~ 금만, 아~ 주 조금만 때려주기 위해서. 하지만 때려주기는 커녕 더 어이없는 일이 벌어지고 말았으니_!!

"못생긴 년! 저. 리. 가!! 아하하하!"

내가 얼마 다가가지도 않았는데 들고있던 돌멩이를 모-두 던지고 중앙현관으로 달려가는 아이들.

난 그 자리에서 한참을 벙찐 상태로 조용히 얼어붙어 버렸다.

아아악!!★★

열 여덟이나 되어 갖고!! 어린것들에게 돌이나 맞아야 하다니!

"아악!! 아무리 생각해도 열 받아. 어떻게 할거야!"

"대체 그게 나하고 무슨 상관인데."

"너 좋다고 난리 치는 것들이 이랬잖아!"

"내가 그랬냐?"

이게 진짜!!

지이잉 +☆ 갑자기 허벅지 쪽에서 진동이 느껴졌다.

"야, 기생 잠깐 기다렷!!"

『011-9332-XXXX』- 이시우

-여보세요~.

=이시우 오늘 잘못 하나만 저지른다.

-잘못?

=응, 그냥 머릿수만 채워주고 올게.

-머릿수? 그게 뭔 소리야?

=그것 뿐이야. 끊는다~.

뚝!!☆뚜…뚜…뚜…

아~ 주 빠른 속도로 자기 할말만 하고 끊어버린 이시우!! 난 다시 확인하기 위해 0번을 길게 눌렀다.

"계속 기다리고 있어야 되냐?"

다시 종료버튼을 눌렀다.

현재로선 저 싹퉁머리 없는 기생 놈과의 전투가 가장 중요한 일!! 시우 일은 잠시 접어두기로 했다.

"다 끝났다!"

"또 무슨 얘길 하시려고?"

"너도 알다시피 내가 네 추종자들에게 좀 피해를 입는 게 아니잖아!"

"그게 왜 내 탓이냐고!"

"니 탓이지!"

"난 모르는 일이야."

진짜 저 놈이 끝까지 저러네!!!

"야야! 넌 양심도 없냐?"

"없다."

참자, 참어!! 참는 자에게 복(福)이 있나니!

"후우~ 너 이거 안보여?"

오늘 아침 텐리부대에게 돌 맞은 부분을 보여줬다. 악악! 다시 한번 생각해봐도 열 받고, 쪽팔린다. 젠장!

"어쩌라고."

"너의 추종자들이 이렇게 맹글어 놨는데 넌 양심도 없냐고!"

"없다니까."

"없으면 만들어!"

"또, 또! 이상한 소리한다."

"아악, 내가 왜 너 때문에 하루가 멀다하고 맞아야 되냐고!"

"내가 때렸냐?"

빠지직_!! 나 핏줄 터진다. 하지만 그나마 다행인 건 만약 이 학교에 3학년 선배가 있었다면 난 그 사람들에게도 맞았을 거다!!(지금에서야 설명하는 거지만 이 학교는 생긴지 얼마 안된 신설학교라 2학년까지밖에 없다.)

아원에서는 한번도 맞아 본적도 없었는데 여기는 뭐야!!! 확실히 마(魔)가 꼈어. -_-

아무튼! 우리는 이렇게 필요 이상으로 유치하게 싸워댔다.

지이잉 +☆다시 한번 전화가 왔다.

"잠깐 휴전!! 나 전화 좀 받고."

『011-9995-XXXX』재환이었다.

-신수연이다.

=하하! 뭐하냐?

-휴전 중.

=휴전? 하하! 텐리 놈하고 싸우고있냐?

-그렇다. 근데 웬일이냐? 옥영이한테 전화 안하고?

=으흐흐~.

요상한 웃음. 심하게 재수 털린다!

-뭐냐? 그 웃음은?

=이시우. 오늘 뭐 하는 줄 알아?

-아니.

=미팅!

-뭐?

=이시우~ 미팅한다! H여고 애들하고~.

H여고 미팅? 이게 뭔 소리여!!

★52★

-뭐야, 그게 무슨 소리야! 진짜야?
=엉.
-몇 시에?
=크크~ 걱정은 되나보다?
-몇 시냐고!! H여고 애들 예쁘잖아!
=지금 목동으로 오면 생중계로 볼 수 있을 거다.
-알았어. 끊어!
이시우! 네 이 자식! 아까 그 얘기가 미팅얘기였던 거야?
감히!! 이렇게 예쁘고, 초 섹시한 나를 앞에 두고 미팅 따위를

101

하러간단 말이지?(할 만하다.)

"기생~ 우리의 휴전은 내일까지."
"무슨 일 있냐?"
"응. 이시우 놈이 바람 펴서 그거 때려잡으러 가야 돼."
"바람?"
"엉! 예쁜 애들하고 바람 피우신댄다."
"… 가지마."
"뭐?"
"가지 말라고!!!"
나지막하고 강압적이면서 약간의 애원하는 듯한 말투….
설마, 이놈이?

"…왜?"

"예쁜 애들이라며!"

"그, 그래서?"

"너 얼굴에서 딸리잖냐~. 네가 가면 오히려 역효과야."

빠지지직_!!내 핏줄 또 터졌다. 하지만 기생 네 놈은 내일 손 봐주마!

오늘은 이시우 놈에게 헤드 락을 걸어야하니 기생 놈에게 귀여운凸를 먹이며 서둘러 교실을 빠져나왔다.

으아-아악!!★★이렇게 1시간 남겨두고 땡땡이를 쳐야하다니!!! 난 내일 담임한테 죽었다.

학교 앞에서 버스를 타고 목동으로 출발했다.

102

+목동역 앞.

도착하자마자 바로 재환이 놈에게 전화를 걸었다.

=벌써 도착했냐?

-그래.

=어디냐?

-목동역. 이시우 어디 있냐?

=기다려라~ 같이 가자. 수업 이제 곧 끝나니까.

-응.

난 전화를 끊자마자 0번을 꾸-욱 눌러 시우 놈에게 전화를 했다. 하지만 전화는 꺼져있었다. 그래! 나 빼고 재미보겠다는 거지?

아악!★★ 이시우! 넌 죽었어!!! 그리고 15분 정도 후 재환이가 도착했다.

"신수연 양!! 표정관리 좀 하시지?"

"뭐가!"

"몹시 안 좋아 보인다?"

"전혀 아니올시다."

"상대가 H여고 애들이라는 말에 좀 위기감을 느꼈나보다?"

"됐어, 아무튼 장소가 어디야?"

"근처 커피숍! 걸어가면 금방 이야~ 1시까지니까 지금쯤 만나고 있겠네~."

생글생글_웃으며 약올리는 듯한 김재환의 표정. 난 겉으로 담담한 척 했지만 속으론 부글부글 끓고있었다.

+커피숍 도착.

창가 쪽에서 4:4로 앉아있는 애들이 보였다.

재환이와 나는 조심스럽게 안으로 들어가 그 곳과 가까우면서도 눈에 안 띄는 곳에 자리를 잡았다.

"쟤네 맞아?"

"얼굴 예쁘잖아."

작은 목소리가 속닥속닥_얘길 했다. 정말 재환이의 말대로 H
여고 애들은 정말 예뻤다. 예쁜 애들로 유명한 학교니까….

"근데 재환아 시우가 쟤네 하고 눈 맞아서 이제 개봉동 안 오
면 어떡하지?"

"설마."

"쟤네 얼굴 진짜 예쁘잖아."

"시우가 네 얼굴보고 사겼냐?"

저 잡것이 말을 해도 꼭!

"그래도 나 같은 애만 보다가 예쁜 애들 보면 혹할 거 아냐~."

"그렇게 따지면 성은교도 예뻤어."

"그렇긴 하지만… 아무튼 이시우! 바람만 펴봐!"

"어떻게 할라고?"

"매달려야지.-_-"

"하하! 너답다!"

난 정말 이시우 바람 피면 죽자살자 매달릴 거다. 쪽팔리는 짓
이겠지만 발에 걸어차여도 매달릴 거다. 으하하.

"야, 수연아. 근데 이시우 별로 말이 없다?"

"시우. 원래 그렇게 말 많은 애는 아니었잖아."

"그래도! 설마 이시우. 예쁜 애들 앞에 있어서 얼어붙은 거 아
냐?"

"말도 안 돼!"

말은 된다. 내가 남자라도 저 여자 애들 보면 흔들릴 것 같다.

남자들이 제일 선호하는 검은 긴 생머리, 하얀 피부, 주먹만한 얼굴, 왜소한 체격!

　하느님! 너무 불공평하신 거 아녜요?

　"야야, 또 혼자 이상한 생각하지말고 좀 봐라!"

　"흠흠, 아니야."

　"어? 어떤 애가 시우한테 직업 들어가는데?"

　"뭐여, 어떤 잡것이!!"

　난 눈을 크게 뜨며 H여고 애들을 유-심히 지켜봤다.

　"저기~ 우리 아직 너 이름 모르는데….."

　H여고아이 중 한 명이 시우를 가리키며 말했다. 저 잡것이 모르면 모르는 대로 넘어가지….

　"이시우."

　"응?"

　"이. 시. 우."

　시우는 친절하게 또박또박_한 글자씩 얘기해줬다. 것도 가장 예쁜 애한테 말이다.

　"이시우? 너 혹시 S중 나왔니?"

　"어."

　"우와~ 네가 그 이시우였구나! 네 이름 많이 들어봤어."

　"그래?"

　"응응! 내 친구 중에 너 좋아한 애 있었는데 걔가 말해줬었어."

"누구?"
"서혜진! 알아?"
아악악!!!!!!## 서혜진!
그러고 보니 이 잡것이 H여고를 갔었지.
"근데 너 여자친구 있다고 들었는데."
"그래?"
"응, 아니야?"
"없어!"
… 내가 지금 잘못 들은 거야?

 ★53★

"뭐야! 이시우, 저 녀석!"
"……."
"신수연! 지금 내가 잘못 들은 거 아니지?"
"……."
"나 이시우한테 갔다올게."
"잠깐! 재환아, 잠깐…."
재환이의 손목을 꽈—악 잡았다.
"뭐야, 신수연!"
"하하! 나 시우 여자친구 아닌데?"
"뭐?"

"아니야, 나…."

자리에 앉는 재환이.

"어머~ 그럼 내가 소문을 잘못 들은 거구나!!"

하아~ 그래 난 아직 시우 여자친구가 아니야!! 하지만 그래도 저렇게 다른 여자 애들이 시우에게 접근하는 건 싫어.

"그래 잘못 들었어."

그럼 너 아까 나한테 왜 전화했던 거야? 이시우! 니가 나에게 그렇게 말한 건… 너도 어느 정도 나를 생각해두고 있다는 거 아니었어?

"아~ 진짜 저 자식 뭐야!!"

다시 한번 재환이가 일어섰다. 그리고 난 또 재환이의 손목을 잡았다.

"신수연!"

"앉아. 재환아."

"너 이시우 여자친구 맞아!"

"히히–"

"웃지마!"

"우리가 멋대로 뒤 쫓아왔어."

"……."

"갑자기 너 시우에게 가면 당황 할거야. 시우…."

날 가만히 보는 재환이 다시 자리에 앉았다. 그리고 그들의 분위기는 점점 더 고조되어갔다.

이시우는 가만히 무표정으로 앉아만 있었고 시우 앞에 앉은
아이는 쉴새없이 시우에게 이것저것 물어보고 있었다.

"시우야~ 근데 너 예전에 여자친구 있었지?"

"그래."

"누구였어?"

"신수연."

"그럼, 그 애 하고는 깨진 거야?"

"……."

"언제 깨졌어?"

"그것까지 다 말해야 되는 건가?"

시우의 말에 무표정으로 가만히 시우를 바라보는 아이.

"그럼 너 지금은 free네?"

"……."

"그럼 나 여기서 고백한다?"

"마음대로."

이… 시우….

"아~ 씨발! 나 정말 못 참겠다. 기다려!"

"잠깐, 재환아!"

"또 뭐! 이시우 여자친구 너라고! 너!!!"

"……."

"그러니까 내가 가도 전혀 문제될 거 없어."

"Last!! 왜~ 삼세 번이란 말도 있잖아~ 헤헤-"

다시 여고 애의 말이 이어졌다.

"이시우, 너! 나하고 사귈래?"

"……."

아무 대답이 없는 시우. 하지만 주위 애들은 박수까지 치며 굉장히 즐거워하는 듯 보였다.

"이시우! 왜 대답이 없어?"

"……."

"너 지금 여자친구도 없다며?"

"그래."

"그러니까 사귀자고!! 대답은? Yes or No."

"No."

"뭐?"

"두 번 말하지 않아."

이시우….

"사귀는 사람도 없다며, 너!"

"없어."

"그럼 상관없는 거 아냐?"

"하지만, 내 목숨보다 소중한 사람이 있어."

"… 뭐?"

"이시우는 두 번 말하지 않아."

여고아이는 시우를 멀뚱멀뚱_바라만 보고 있다. 그리고 다시 입을 연다.

"그게 누군데?"

"알아서 뭐 하려고?"

"걔가 누군지 보고싶어. 보여 줄 수 있어?"

"보여주는 것까지?"

"그래, 어떤 여자 애인지 보고싶은데?"

"바라는 것도 많으시네! 기다려. 데려올 테니까."

자리에서 일어나 저벅저벅_ 점점 우리 쪽으로 다가왔다. 재환이와 난 시우를 보자마자 고개를 푹-숙였다.

"둘이 여기서 뭐 하는 거냐?"

"하하, 시우야."

"숨어 있으려면 잘 좀 숨어있던가! 다 보인다."

"뭐야, 너 알고 있었어?"

"그래."

"언… 제부터?"

"처음 들어올 때부터."

"저, 정말?"

"하하! 아무튼 일어나 봐. 쟤가 너 보여 달래."

시우는 내 손을 잡고 다시 여고 애들 쪽으로 저벅저벅_걸어갔다.

"보여 달라는 사람!"

"걔야?"

"그래."

"뭐야, 별로 예쁘지도 않고, 머리색은 또 왜이래? 이년 완전 양아치 아냐?"

"보여줬으니까 간다."

"잠깐, 이시우! 정말 네가 말하던 그 애 맞아?"

"어."

"정말? 너 눈이 이렇게 낮았던 거야?"

나도 안다. 나 안 예쁜 거!!

"소문이 맞았어."

"……."

"H여고는 하나같이 머리비고, 싸가지 없다는 거."

"뭐, 뭐라고?"

"두 번 말하지 않는다고 하지 않았나? 야! 김재환. 가자!"

"야, 야!! 이시우!!!"

아직 할말이 남은 듯한 여고아이를 뒤로한 채 커피숍을 빠져 나왔다.

"이시우! 너 여고 년한테 넘어갔으면 다신 안보는 거였다."

"하하! 여자애가 예쁜 게 끌리긴 하더라."

"그래, 매일같이 신수연만 보다가 그런 애 보니까 혹하는 마음 충분히 이해한다."

"걔가 성격만 좋았어도 바로 넘어갔다니까."

못난 신수연-_-^…을 앞에 두고 즐겁게 얘기하는 놈들. 썩을 것들! 말못하게 펜치로 입술을 뜯어버릴 수도 없고!

"아, 신수연! 이제 개봉동으로 갈 거지?"

"응!"

"기다려, 나 집에 좀 갔다 올 테니까."

"같이 가."

"혼자 가는 게 더 빨라. 기다려~."

빠르게 앞만 보며 뛰어가는 재환이.

"이시우! 너 아까 그 말 진짜야?"

"뭐가?"

"여고 애 맘에 든다는 거!!"

"하하! 당연하지. 단! 머리가 더 좋고, 싸가지가 좀더 있었다면 말야."

"뭐야, 그러다 걔가 진짜 그렇게 돼서 나타나면 넘어가시겠네~?"

"바람 피워야지."

바람이라… 넌 바람만 피워봐라! 그땐 절대 안 봐준다.

"근데, 시우야. 우리 아무사이도 아닌 건가?"

"아니."

"아까 그 말.."

"사귀는 이런 것보다… 넌 나한테 무엇보다 소중한 사람이야."

"……."

"부모형제가 없는 나에겐 재환이와 넌 똑같이 소중한 존재야."

김재환과 같은 존재라…. 좀~ 거슬리는 말이긴 하지만 그래도 소중한 사람이라는 말에 그냥 한번 넘어가야겠다.

"아, 근데 너 아까 전에 이시우 같지가 않았었어."

"뭐가?"

"나하고 대하는 게 다르잖아. 너 원래 넉살 빼면 시첸데!"

"하하!"

"다른 사람들도 다 나라고 생각해."

"… 너라고?"

"응, 그러면 대하는 게 한결 편해질 거 아냐~."

"하하! 편해지기는커녕…."

살짝 눈웃음을 지어보며 밑을 바라보는 시우.

"뭐여! 너 지금 내가 불편하다는 소리야?"

"…아니."

"뭐야, 뭐야. 그럼!!!"

"다른 사람들도 너라고 생각하며 대한다면…"

"응."

"그렇다면…."

"내 심장은 너무 많이 뛰어서 멈춰버릴 거야."

"……."

54

"뭐야…. 거짓말하지마, 이시우!"

"… 하하!"

"이시우군! 구라800단으로 등급 UP됐다."

"뭐야? 언제 그렇게 올라갔어?"

"그동안 네가 하도 거짓말을 많이 해서 그래."

"솔직히 난 거짓말은 안 한다."

"크크-거짓말보단 오버의 비중이 좀 더 크긴 하지."

"근데 아까 그 얘긴 진짜야."

콩닥콩닥

가슴이 두근거린다.

"……."

"앞으로 그 부분에 대해선 잘 생각해 두세요!"

"… 응! 앞으로는 가면쓰고 다녀주마! 떨. 림. 방. 지!"

"하하! 더 떨릴 거 같은데? 섬뜩해서!"

섬뜩이라… 저거 기생 놈 전용대사인데 왠지 재수 털리는 구나!

하여튼!! 우리는 그렇게 이런저런 시덥지 않은 얘길 나누면서 재환이 놈을 기다렸다.

근데 이 자식! 30분이 지나가는데도 머리카락 하나 보이지 않

는다. 토꼈나?-_-

"김재환 왜 이렇게 안 오는거여~."

"원래 나와 쌍벽을 이루는 지각대장이잖아."

"푸히히-그렇긴 하다만 그래도 너무 오버인 거 같은데?"

"하하! 어? 저기 재환이 온다~."

시우가 손으로 가리키는 곳으로 시선을 꽂았다.

ㅇ_ㅇ에? 저 놈도 오늘 미팅이 하러가나? 정장으로 쫘-악 빼-입고 등장하신 김재환.

"그건 또 무슨 패션 이래냐."

"나 오늘 옥영이 만나잖아."

"정장은 좀 오번데…."

"뭐가 오버야!!!"

"소리 지를 것까진 없잖아! 깜짝 놀랬다. 이놈아!"

사실 난 맘에 없는 소릴 내뱉은 거다. 솔직히 재환이 놈 정장 입은 모습은 좀~ 많이 봐 줄만하다.

더 솔직히 얘기하자면 죽인다. 저 놈은 옷빨이 예술이니까!

매일같이 편안한 옷만 입는 이시우를 보다가 이런 놈 보면 뻑 가는 건 당연한 현상이다. 하지만 내가 김재환 놈에게 반하지 않는 이유는!

시우는 흰 티에 청바지 하나만 입어도 멋있기 때문이다!! 누헤헤~.

"표정 봐라~ 또 이상한 상상한다~."

"무, 무슨 상상!"

"변식이 생각하고 있었냐?"

"또 귀 잡아뜯기고 싶나 보구나?"

"악악!! 사양한다고 했지!"

두 귀를 감싸며 마구 저어대는 재환이!!

엄정화의 '몰라' 를 보는 듯했다. 이런 말까진 하기 싫지만 약간의 또라이 기질이 다분했다.

"너야말로 이상한 짓 좀 그만하시지?"

"뭐가!"

"다른 여자들 앞에서 방금 한 짓 해봐라."

"왜!"

"어떤 반응이 나올지 심히 궁금한 바이다."

"미쳤냐! 여자 앞에서!"

그럼 난 여자도 아니더냐!

난, 놈을 야렸고, 놈은 시선을 요리조리-잘도 피한다. 그리고 시우 놈은 어딘가에 시선을 꽂았다.

또 변식이 보나?

"뭐해?"

"쟤네."

"응?"

"쟤네가 쳐다본다."

시우가 고개로 가리킨 곳에는 여자 애들이 잔-뜩 있었다. 좀 더 자세히 설명하자면 내가 가장 싫어했던 문일상고 지지바들! 이 있었다.

상고 애들은 너무 드세서 특히 아원 다녔던 애들은 거의 다 문일 아이들을 싫어했다.

물론, 나라고 예외는 아니었다.

"씨발!! 뭘 아려!-_-^"

거의 대부분이 이런 말투를 소유한 상고 아이들.

좋게, 좋게 '얘야! 너 왜 쳐다보니?' 라고 해도 되지 않은가!! 그리고 옵션으로 그녀들의 패션은 절대적으로 압권이다.

꽉 끼는 게 아니라 절대 단추를 잠글 수 없는 마이! 교복치마는 세 종류!! 단을 다 박던가, 다 뜯던가, 반만 박던가.

머리스타일도 각양각색~!! 폭탄&곱슬 이런 건 저리가라다! 휘이휘이~.

아악!! 다시 바꿔서 말하겠다!! 난 상고아이들이 싫었던 게 아니라 무서웠다.

지역마다 그럴 것이다! 여자아이들은 상고가 최고 드세고 무섭다! 남자들은 몇몇 지역 빼면 거의 다 좆밥 이지만 말이다. 하지만 문일에는 탁윤이라는 놈이 있어서 남자들마저 드셌다.

"이시우~!!"

그중 한 여자아이가 다가왔다.

시혜련이라고 예전 혜진이와 견원지간이었던 여자 애였다. 그 덕에 나까지 피해본 게 이만저만이 아니었다.

눈이 쫘--악!! 제. 대. 로 찢어진 게 난 얘만 보면 살 떨린다.

"오랜만이네~!"

"시… 혜련."

"어? 기억하네?"

"이름 특이해서."

"히히. 그래? 어? 이게 누구야~. 신수연 아냐~. 너, 오랜만이
다?"

"그, 그래."

난 얘만 보면 돈을 빌려서라도 쌍꺼풀 해주고 싶어진다.

제발! 그 쌍꺼풀 없는 눈을 애써 크게 뜨면서까지 말하지 말란

말이다!!

"근데, 둘이 사귀는 사이었어?"

"……."

"내가 들은 게 맞나보네?"

"그래?"

"응, 가만… 뭐야, 김재환! 넌 아는 체도 안 하나?"

"네가 안 했잖아."

재환이도 아는 사이인가?

"푸핫! 너 깔치 생겼다며?"

"말투 봐라~! 깔치가 뭐냐!"

"크크-나 원래 이렇잖아."

"자랑이다."

"뭐야, 너! 그래도 예전에는 좋아했잖아."

"뭔 소리야."

"우리 좋아해서 사귄 거 아니었어?"

옴메나~! 이건 또 뭔 소리여~. 재환이 놈 시혜련하고 사귀었던 거야?

"누가? 내가?"

"응, 너!"

"제발 깝치지 좀 마!"

"부끄러워하기는~ 네 여자친구 보러가도 돼?"

"지랄하지말고…. 야! 신수연, 가자."

"별… 또라이 같은 년이 존나게 설쳐댄다."

내 어깨를 잡아끄는 재환이. 시혜련을 굉장히 싫어하는 듯 보였다. 재환이 욕도 잘 안 하는데 말야.

시혜련과 있으니까 재환이 놈의 입이 점점 더러워지는구나.

"뭐야~ 김재환. 쿡쿡! 아무튼 우리 조만간 한번 보자. 수연이 너도!!"

시혜련! 웃으며 말했지만 뭔가 씨 있는 말이었다.

난 재환이놈에게 더 바-싹 앵겨서 좀 더 빨리 걸었다. 다른 한쪽에는 시우를 끼고 말이다. 하지만 몇 발자국 못 가서 이번엔 탁윤이 등장했다.

"이시우!!"

왜 다들 시우 이름을 먼저 불러대는 걸까?

키가 190정도 되는 탁윤이 저벅저벅_ 우리에게로 걸어왔다.

"저 자식은 또 웬일이야? 한동안 안보이더니!!"

재환이 놈, 탁윤도 싫어하나 보다.

"어라? 김재환도 있었네!"

"……."

"이시우! 반갑다는 말 한마디도 못하냐?"

"반갑다."

"역시 이시우! 그럼 김재환은?"

"난 당연히… 안 반갑지."

"당연히 넌 그래야 되고!"

"아~! 오늘따라 병신 같은 것들이 줄을 이어 등장하네~."

"뭐!!"

"간다."

"김. 재. 환!!"

우렁찬 목소리!! 탁윤!! 열 받았다.-_- 저 덩치로 재환이 눌러
버릴까봐 심히 걱정되는 바이다.

"왜!"

끝까지 깡이 넘쳐 흐르는 김재환!!

"누가 꿇었었지?"

"그 비겁한 수법 말하는 거냐? 배트로 존나게 갈겨댄거?"

"김재환!!"

"까지마, 병신아!"

"……."

아무 말 없는 탁윤.

"수연아! 오늘 우리가 여기 왜 왔을까?"

"시우 불륜 막으러."

"아하하! 그렇지! 근데 왜 자꾸 존나게 짜증나는 일만 겹친다냐?"

"그, 그래? 하하! 빨리 가자."

찬 기운이 쌩쌩 불어대는 탁윤!! 저 덩치에 눌릴까봐 재환이 손목을 잡고 사정없이 끌었다. 그리고 이번에는 시우 놈에게 앵겼다.

재환이 보다는 시우가 탁윤하고 키도 비스무리 하니까….

시우는 이런 날 보며 키득키득_대며 웃고 있다. 그리고 애절한 내 마음을 읽었는지 한 손으로 내 어깨를 감싸준다.

날 버리지 않았구나!!! 엉엉엉. 난, 눌리지 않아도 되는 거야! ㅠ_ㅠ

"안면근육 좀 풀지 그러냐? 탁윤!"

"이… 시우."

"너 때문에 애 쫄았잖아. 안 그래도 소심한데. 하하!"

"누가 소심해!"

"나 바람 필까봐 멀리서 막으러 오셨는데 말야."

"내가 뭘 막으러와!"

"아니었어?"

"맞아."

사실이란 인정해야 하는 거다.

"근데 이시우! 너, 요즘 안 좋은 소문 돌던데… 정말이냐? 그 거?"

"뭐?"

"심장…."

"……."

"정말이냐?"

"갈게. 탁윤!"

"정말이냐?"

"……."

"하하. 인상 펴!! 아무 것도 아니니까."

"그럼 됐고, 아무튼 잘 가고 또 보자!!"

"그래."

이시우는 아까 재환이 처럼 내 어깨를 잡아끌며 갔다.

재환이 놈은 중간에 혼자 택시를 타고 어디론가 날라버렸고, 시우는 상고 애들이 있는 곳을 벗어났는데도 아직까지 내 어깨 를 감싸며 걷고있다.

"탁윤, 또 만날 거야?"

"그래야지."

"안 돼! 너 재한테 깔리면 어떡하려고!"

"글쎄다."

"뭐야~ 근데… 시우야, 이제 괜찮은데."

"뭐가?"

"이 손 말야. 이제 풀어도 되는데."

"……."

내 말은 무시한 채 가는 길 계속 가는 놈. 난, 고개를 들어 녀석을 얼굴을 쳐다봤다. 놈은 애써 웃음을 참고 있는 듯한 표정을 하고 있었다.

"갑자기 뭐가 그렇게 좋아?"

"내… 가 뭐. 쿡쿡!"

"너! 얼굴 빨개졌다!"

"니가 옆에 있어…. 떨려서 그런 거야."

"네 거짓말 재미없어!"

"하하! 넌 왜 그렇게 소심하냐!"

"내, 내가 모."

"아까 네 표정 거울로 보여줬어야 되는 건데…."

"아니라니까~."

솔직히 탁육은 정말 무서웠다. 그 덩치에 눌릴까봐 얼마나 조마조마했던지.

"하하하!"

"야, 야! 이 손이나 풀으셔!"

"왜?"

"상고 애들 이제 안 보인다니까."

"꼭! 이유가 있어서 감싸주는 건 아니잖아."

"……."

"그냥 이렇게 가자! 난 편하고 좋다."

"그, 그래."

그렇게 우리 집까지 시우 놈에게 어깨를 내어준 채-_-갔다. 정말… 다 좋았건만 이시우! 이 놈이 팔에 힘을 너무 팍- 주는 바람에 어깨 뽀사지는 줄 알았다.

"아파, 이 놈아!"

"뭐가?"

"어깨 말야! 팔에 힘 좀 빼지 그러니?"

"큭큭!!"

저, 저!! 얌생이 여우같은 놈!!

하지만, 난 왜 이때 눈치를 못 챘을까? 탁윤의 말도, 가쁘게 내쉬는 시우의 숨소리도.

★55★

그로부터 며칠 후.

오늘은 우리학교 개교기념일이다~♪

난 오랜만에 집에서 잠을 실컷-주무시고 계시다. 원래 이런 황금 같은 휴일에는 잠을 꼭!! 반나절 이상으로 자야한다. 못 자면 다음 날 생활에 큰-지장이 있는 법! 물론, 나 같은 경우에만 말이다. 그래서 난 주무신다. 쭈----------욱!!

하지만_!! 난 운이 지지리도 없는 년 아니던가!!

띵--------동!!★☆ 띵-------동!!★☆

이노무 초인종 소리 덕분에 난 새벽부터 일어나야만 했다.

참고로 나는 초인종소리에 꽹장히 예민하다. 아~ 대체 아침부터 누구인겨!!

"누구세요?" 〈-마귀할멈! 엄마.

"……."

달칵!!★☆

"어머! 이게 누구야~.♡"

과도로 반가워하시는 엄마의 목소리가 여기까지 들린다. 난 다시 자려고 눈을 감았다. 아~ 잠이 안 와 죽겠다.

"잠깐, 수연이 부를 테니까 여기 앉아서 기다리렴~."

뭐여!! 누구를 부른다는 거야~!!

벌-----------컥!!★★ 방문이 열리며 엄마가 들어왔다. 난, 자는 척을 했다.

"신수연~! 얼른 일어나!! 친구 왔어!"

"……."

"친구 왔다고! 잘생긴 텐리가 왔어~ 얼른 일어나!!!"

잘생긴 텐리? 지금 기생 놈 말하는 거 맞지?

"신수연!! 빨리 일어나라니까!!"

"……."

125

"딸아! 안 자는 거 티 확-난단다! 그만 일어나지 그러니?"
뜨끔-_-
"안 일어나!! 신수연!!"
"이씨! 아침부터 뭐야~. 졸려 죽겠는데."
"얼른 일어나 있어. 텐리 데리고 올 테니까."
"뭐야, 걔를 왜 데꼬와!!"
버럭버럭_소릴 질러댔지만 엄마는 이런 나를 무시하며 콧노래♪를 부르며 밖으로 나갔다. 어쩔 수 없이 벌떡 일어나서 눈에 눈곱 좀 떼고 다소-곳이 앉아있었다.

달---칵!!★

다시 문이 열리고 王폐인모습의 기생 놈이 들어왔다. 하얀 얼굴에, 눈 밑에 생긴 다크서클. 병자 같았다.
"뭐야, 너 어디 아파?"
"아니… 왜?"
"니 눈 밑에 다크서클이 제대로 자리잡았다. 잠 못 잤어?"
"응."
"그럼… 설마 우리 집에 잠자러온 건 아니지?"
"부탁이 있어서 왔다."
"뭔데?"
"밥 좀 줘라. 배고파 죽겠다."
뭐래.
"니집 가서 먹어!"

"우리 집에서 먹을 수 있었으면 여긴 안 왔지."

"넌 친구도 없냐! 너 병원에 입원했을 때 왔던 애들 있잖아."

"걔네 다른데 갔어."

"신현빈도 있잖아~."

"……."

갑자기 조용해 진 기생을 보며 왠지 불쌍한 마음이 드는 건 왜 일까?

"알았어. 그럼 부엌으로 가자! 진짜 네가 이렇게 불쌍해 보이기는 처음이다."

"여기로 갖고 오면 안 돼?"

"왜!!"

"힘들어서 못 움직이겠다."

"아악! 진짜 가지가지 하네!"

난 이렇게 말을 하면서도 기생 놈에게 밥을 갖다줬다. 걸신들린 사람처럼 우적우적 먹어대는 기생 놈!!

한층 더 불쌍해 보였다.

"오래 굶었나 봐?"

"3일."

"헉! 밥도 안 먹고 뭐했어?"

"이것저것."

"너 잠도 못 잔 거 같다?"

"그것도 3일."

잠도 못 자고, 밥도 못 먹었다면 혹시.

"어디 감금당했었냐?-_-"

"니 머리는 꼭 그런 쪽으로만 생각하지?"

"확률이 아예 zero 아니잖아~!!"

"시끄러워! 나 이제 잠 좀 자자."

"미쳤냐! 나도 지금….."

내 말이 채 끝나기도 전에 내 침대에 드러누운 기생 놈!

그래!! 저 놈은 원래 저런 스타일이었어. 상대방의 말은 한 귀로 듣고, 한 귀로 흘려 버리는 스타일!

그리고….

"야, 야. 일어나라니까!!!"

"시끄럽다고."

"여기 우리 집이거든? 그리고 네가 누워있는 곳은 내 침대고!"

"알아, 그러니까 조용히 좀 해봐."

저, 필요이상의 뻔뻔함.

"넌 니가 생각해도 니 자신이 너무 뻔뻔하다는 생각 안 해?"

"전혀."

"지금 그게 뻔뻔한 거야. 제발 좀 일어나라! 나 침대에서 안자면 안 된단 말야!"

"너 저번에 바닥에서 코-골면서 잘 잤잖아."

"그, 그땐 너무 피곤해서 그런 거고!"

"지금은 그만큼 안 피곤하나보네? 그럼 좀 버텨! 난 잔다~."

"아악!!! 안 돼. 안 돼!"

"시끄럽다니까!"

눈을 번뜩이며 째려보는 기생 놈. 다크서클까지 합세해 처녀 귀신 인줄 알았다.

"야야! 부탁도 들어줬잖아. 제발 이제 집 좀 가지 그래?"

"그렇게 졸리면 내 옆에서 자던가."

"하….."

"자리도 넓고 좋네!"

"난 거실소파에서 잘게. 잘 자."

왜 저 인간은 가끔가다 저렇게 쓰잘데기 없는 소리를 지껄이는 걸까?

결국 난 내방에 기생을 내버려둔 채 거실 소파에서 잠을 청했다. 잠결에 엄마가 뭐라고 하는 듯 했지만 난, 12시간을 채우기 위해 필사적으로 잠잤다.

+저녁 6시.

퍽!!★★

"아악!!"

갑자기 머리에 심한 통증이 밀려옴과 동시 번뜩_눈을 떴다.

"흐――억!!"

129

눈을 뜨자마자 깜짝 놀랬다. 눈앞!! 약 20cm떨어진 곳에서 나를 쳐다보고 있는 기생 놈!!

이 자식 오늘따라 너무 호러다.

"야, 깜짝 놀랬잖아!"

"대체 언제까지 잘 거냐?"

"나 놀랬다니까!"

"언제까지 잘 거냐고!"

"안 보여? 너 때문에 일어났잖아!!"

"그래."

아악! 이 놈이 자꾸 내 속을 박박! 긁는 이유는 뭘까?

"너 집에 안가냐?"

"안가."

"왜 안가!"

"때되면 알아서 가니까 그만 좀 떽떽 거리시지?"

"지금이 그 때인 것 같은데!! 근데, 우리엄마는?"

"옆집 가셨어."

"그래?"

"야! 빨리 일어나!"

"왜! 이 자리마저 빼앗으려고?"

"헛소리말고. 빨리 일어나기나 해!"

어째 또… 불안하다?

"왜."

"밖에 나가자."
"밖에? 나 아직도 졸려죽겠는데 어딜 가!"
"찜질방."
또 웬 헛소리야!!

★56★

"찜. 질. 방?"
"그래."
"찜질방을 왜가!"
"광(光)내러 가지."
"=_=그럼 너 혼자 가시지!"
"미안하지만 돈이 없다."
"그래서 어쩌라고!"
　찌릿찌릿_ 내 얼굴이 뚫어질 정도로 빤-히 쳐다보는 기생
놈.
　설마….
"나보고 내라는 거냐?"
"미안하다만 그렇게 해줬음 한다."
"나도 돈 없어."
"나도 없어."
"네가 없는걸 나보고 어쩌라고!"

131

"내달라고."

이게 미쳤나 진짜!!

"몰라~! 그냥 가지마."

"광(光)내야 돼."

"무슨 또 광(光)이여~!! 넌 찜질방 안가도 빛이 나!"

방금 한말은 거짓말이라는 걸 알아줬음 한다. 하지만 기생 놈의 반응은….

"나도 알아."

이랬다.

"아무튼 싫어. 그리고, 너! 저번에 꿔간 200원도 안 갚았잖아."

"잊을 때도 되지 않았나?"

"못 잊는다."

"알았어. 그거 내일 2,000원으로 갚아줄게."

"진짜?"

"그래."

"거짓말 아니지?"

"그렇다니까."

"그럼 잠깐, 기다려봐."

난 냉큼 방으로 들어가서 지갑을 갖고 나왔다. 그리고 기생 놈을 데리고 근처 찜질방으로 향했다.

"찜질방이 뭐냐!!"

"찜질하는 곳이지."

"누가 그거 물어봤냐!"

"광(光)내는 곳이기도 하다."

"됐다!! 됐어~."

하, 정말 이놈도 가끔가다 헛소리하는 게 꼭! 이시우 같다니까!

+찜질방 도착.

각자 알아서 들어가서 옷 갈아입고, 어쩌다보니 수면 실에서 또 마주치게 되었다!

"뭐여~ 광(光)내신다며 웬 수면실이냐?"

"낼 땐 대더라도 좀만 누워 있다가."

"하~ 그러셔?"

"넌?"

"난, 당연히 눈 좀 붙이러 왔지."

그렇게 그 놈과 난 수면실에 大자로 뻗어버렸다. 인간적으로 여기까지 와서도 자게 되다니 참으로 내 인생이 한심해 보인다.

1시간쯤 그렇게 누워 있다가 냉커피 하나씩 들고 황토방-_- 으로 들어갔다. 거기서까지 우리는 또 누웠다. 물론 이번에는 잠을 잔 건 아니었다.

잤다가 익어버릴지도 모르니까….

"어머머! 피부 좀 봐!"

"정말 남자 맞아?"

"몇 살이야? 총각!"

기생 놈은 찜질방에서 마저 인기 짱이었다. 저 놈은 소용돌이처럼 여자를 몰고(?)댕기나 보다.

아줌마들의 각양각색의 질문을 받는 기생 놈. 땀이 비보다 더비 오듯이 흐르고 있었다. 은근슬쩍 눈빛으로 '구해 줘'라는 요청을 보내왔지만 난 당당하게 씹었다.

그렇게 우리만의 세상에 빠진 찜질이 끝나고 각자 알아서 사우나 후 우리는 지금 냉면을 먹으러 왔다.

이것마저도 내가 사는 거다. 젠장. 젠장. 젠장.

"너, 진짜 돈 안 갚으면 죽어!!"

"설마 내가 떼어먹겠냐?"

"응!"

"갚아. 내일 못 갚으면 언제가 갚으면 되지."

"말이 조금씩 달라진다?"

"됐어."

저, 저! 미덥지 못한 놈. 분명 떼어먹을 거 같은데 말야. 내일 입 싸--악 씻으면 어떡하지?

불안한 생각과 함께 냉면 몇 가닥을 내 입으로 넣으려고 할 찰나!

따르릉 +☆ 전화가 왔다.

-여보세요~.

=재환이!

-니가 어쩐 일이냐?

=친구가 친구한테 전화하는 게 이상 허냐?

-응! 너 나한테 전화 잘 안 하잖아.

=하하! 뭐하냐?

-사우나 후 냉면 드신다.

=그러냐? 아, 너 14일에 시간 비워놓는 거 알지?

-14일? 10월 말하는 거야? 왜?

=왜는… 이시우 생일이잖아.

-뭐!!

시우 생일?

-이시우 생일이 그때였어?

=뭐야, 몰랐어?

몰랐다. 작년엔 이맘때쯤까지 만난 적이 없어 전혀 생각도 못

한 일이었다.

-어떡해!! 나 돈도 없는데….

=진작 알려줄 걸 그랬나? 난 알고있는 줄 알았지.

-몰랐어! 아~ 어떡해! 용돈 얼마 안 남았는데.

=받은 지 얼마나 됐다고 없어!

-어쩌다보니. 아르바이트하기에는 너무 늦었는데….

=괜찮아, 이시우. 선물 같은 거 안 좋아해.

-선물 안 좋아하는 사람이 어디 있냐!!

=걘 진짜 안 좋아해!

-안 좋아하는 척 하는 거지.

=…….

-아무튼! 난 여기저기서 돈을 구해 봐야겠어. 끊어!

뚝!!★☆

"뭔, 생일?

"시우 생일. 기생! 가진 돈 얼마나 있어?"

"뭔 소리야."

"돈 좀 빌려줘!!"

"내가 돈이 있으면 너한테 빌렸겠냐!"

아, 그렇군. 정말 큰일이다. 지금에서야 아르바이트를 할 수 없고….

이곳저곳, 이 사람 저 사람에게 물어봤지만 내 주위 사람들은 모두 빈곤 티를 팍팍- 냈다.

결국, 난 다음 날 엄마한테 3시간동안 싹싹 빈 끝에 다음 날 용돈을 미리 탈 수 있었다.

다음달은 거지구나.

★57★

+금요일&시우 생일!

학교가 파하자마자 집으로 가서 옷을 갈아입고, 시우 생일선물을 들고 목동으로 날랐다~.

시우는 7시쯤에 도착한다고 한다. 그전에 우리는 예전에 자주 가던 커피숍에서 2시간 일찍 모이기로 했다.

커피숍 도착!! 문을 열자마자.

"꺄아꺄아♥수연이왔어. >ㅁ<"

나를 매우 반갑게 맞이하는 재환이. 천곱슬틱한 외침과 노란색바탕에 조합 안 되는 무늬들이 잔뜩 그려져 있는 고깔모자를 쓰고 말이다.

"뭐냐, 그 꼬라지는?"

"꼬라지라니~ 자기!"

"꺼지고!"

"꺄아♥♡수연아~ 너무 무섭잖아."

"죽고잡냐!!!"

난 바로 '꺄아꺄아!!' 라고 매--우 안 어울리는 단어를 외치고 있는 놈에게 고래고래 소릴 지르며 한 걸음에 달려갔다. 그리고 대갈통에 쓰고있는 고깔모자를 벗겨 위 꼭대기 모서리로 놈의 머리를 존나게 쑤셔댔다!! ㅋㅋ

"아악, 아프잖아!!★★"

"아프라고 쑤시는 거다! 이 놈아, 제발 정신 좀 차려라!"

"대체 왜 이래. 신수연!!ㅜ0ㅜ"

"제발 덩치하고 어울릴만한 짓 좀 하면 안될까?"

137

"그 전에 놔주면 안될까? 엉엉."

난 정확히 3분을 더 쑤신 다음 그 놈을 풀어주었다.

김재환은 머리를 부여잡고 '아~ 아' 신음소리를 내고있다. 그래놓고 고깔모자는 머리에 또 쓴다. 징한 놈!!

"너도 쓸래?"

"뭘 써!"

"고깔모자 말야. >_<"

"그걸 내가 왜 쓰냐!"

"생일축하파린데~ 분위기 좀 내야지~."

"고깔모자 쓰고 분위기를 누가 내!"

말은 그렇게 했지만 난 지금 초록색 고깔모자를 쓰고있다. 볼 때는 이상했지만 막상 써보니 매우 맘에 들었다.

노란색은 정신병자나 쓰는 것 같아서 눈에 피로를 덜 주는 초록색으로 선택했다. 그리고, 나비는 빨간색. 우리 셋은 자연스럽게 신호등이 되었다.

신~ 나게 풍선불어 장식해대고(그 덕에 힘 다 빠지고) 음식 사다 날라대고(옆에서 나비가 다 먹어대고) 조잡하다고 커피숍 아르바이트 생 언니에게 혼나고!!

아무튼 그렇게 조잡한 시우의 생일파티를 준비하고 있었다. 주위 사람들까지 모두 포섭(?)해 풍선 하나씩을 나눠줬다.

어느덧 7시! 시우 놈이 도착할 시간이다.

하지만 이시우는 '3교시 이시우' 라고 불려질 정도로 지각대장이었다.

역시! 오늘도 30분 늦게 도착했다.

"역시, 넌 3교시 이시우야!"

"하하! 미안하다 사정이 있어서….."

"뭐, 그런 건 상관없고 아무튼 앉아~."

시우 놈을 앉게 한 후 촛불에 불을 붙이고 생일축하 노래를 불렀다.

방금 전에 포섭한 사람들까지 가세해 나름대로 매우~ 성대한 생일파티 였다.

깜박 잊고 못산 폭죽대신 풍선을 마구 터뜨렸다.

"우-오오오~!!!★★"

매우 적극적인 사람들! 좀 있다 뽀뽀나 한번씩 해줘야겠다.

난 잡히기 힘든 분위기를 한--껏 잡아가며 시우에게 선물을 내밀었다.

"이게 뭐야?"

"시계야."

"시계?"

"응! 1년 전 그때 못 줬잖아."

"……"

"이건 그때 것보다 좀 싼 거야. 수중에 돈이 없어서… 미안."

"우와! 너무 좋아서 이시우 날아가겠다!"

"히히! 당연히 그래야지. 아, 그리고 또 이거….."

시계를 사면서 나비와 함께 고른 커플링을 시우에게 내밀었
다.

으으- 시우가 좋아해야 할텐데….

"커… 플링?"

"응, 커플링~ 난 미리 꼈어!"

"아, 고마워. 근데, 수연아….'"

"응?"

"나, 반지는….'"

"뭐?"

"아, 아니야.'"

"꼭! 끼고 다녀야 돼!'"

"…….'"

"왜 대답이 없어? 싸서 맘에 안 드는 거야?"

"하하. 아니….'"

"안 끼고 댕기면 죽음!!"

"하하!'"

"꼭! 끼고 다녀!! 알았지?"

"그래.'"

피-씩 웃어 보이는 시우.

저! 눈웃음. 아~~아~~쓰러질 것만 같다.(신수연 원래 이렇다.)

"우-오오오!! 죽여, 죽여!!★★"

시우 놈의 눈웃음을 봤는지 또 다시 열광적인 반응을 보여주

는 사람들.

방청객 같았다. 한 단계 업그레이드해서 나중에 돈벌면 천 원씩이라도 돌려야겠다.

+다음 날. 학교.

토요일인 오늘!

기생 놈과 나의 같은 특징은 토요일은 수업을 열심히 듣는다.

반짝반짝, 초롱초롱 한 눈으로 선생님 말씀을 열심히 들으면 모든 선생님들은 우리에게 이런 말씀을 하신다.

"너희 둘! 그냥 자!"

우리의 눈빛이 심하게 거슬리셨는지 늘 하시는 말씀.

처음에는 여린 내 마음을 후벼 파댔지만 지금은 벼룩의 똥구멍만큼의 자극조차 되지 않는다. 그리고, 여기서 끝나지 않은 우리의 같은 특징!

초반에는 열심히 듣는다. 필기도 하고, 질문도 하고, 다른 사람들과 비슷하게 공부를 하지만 그 뒤가 문제다.

정확히 25분이 지날 쯤 슬슬 눈이 감겨오며, 30분이 지날 땐 서로 얼굴을 보며 잠을 깨우고, 35분이 지날 쯤엔… 잔다.

ㅡ_ㅡ하하! 원래의 생활엔 큰 변화를 주는 건 좋지 않다!!

지이잉 +☆ 문자 도착!

=+오늘, 몇 시에 끝나?

-+12시쯤?

=+그럼, 맞춰서 학교 앞으로 갈게.

시우 녀석의 문자였다. 사는 곳이 꽤 떨어져있음에도 불구하고 매우 자주 만나는 우리.

종례까지 마치고, 옥영이와 함께 교문을 향해 걸어갔다.

저-멀리 교문에 여자아이들이 바글바글 모여있는 걸 보니 김재환도 왔나보다. 젠장!

다시 한번 쪽팔려옴을 느끼며, 조심스럽게 시우가 있는 곳으로 다가갔다.

"시우야!!"

"……."

담에 기대어 지그시 눈을 감고 있는 시우를 툭툭 치며 불렀다. 하지만, 아무런 대답이 없는 시우.

"어이~ 이시우! 시우야!!!"

"……."

"야, 이시우!!!"

"귀청 떨어지겠다. 신수연!"

한쪽 눈만 살짝 뜨며, 귀를 막는 시우.

"자고 있었어?"

"아니."

"그럼?"

"시끄러워서."

"… 에?"

"저기."

시우가 손가락으로 가리키는 곳에는 여자 애들에게 둘러싸여
능청스럽게 웃고 있는 김재환이 있었다.

충분히 이해되는 시우의 마음.

"히히. 쟨 원래 올 때마다 저래."

"그래?"

"응, 근데 너 요즘 개봉동에 꽤 자주 온다?"

"하하! 너, 자주 보려고."

"역시~ 넌 날 너무 좋아한다니까~."

"응, 좋아 죽겠다."

능청스럽게 말하는 시우. 그 덕에 내 얼굴은 붉어져버렸다.

"쿡쿡."

"뭐, 뭐야!!"

"하하!"

"뭐냐고. 그 웃음은!!"

"아하하! 너, 얼굴 빨개졌다. 홍당무 같아."

"……."

"하하하!"

작정한 듯이 웃는 이시우!!

달아오를 대로 달아오른 내 볼을 두 손으로 감싸며, 고개를 숙이고 있었다. 다행히도 시우는 눈치채지 못한 듯했다.

그리고, 잠시 후 옥영이와 재환이가 우리 쪽으로 왔다.

"어이~ 재환군! 올 때마다 여자를 몰고 다니시네?"

"하하! 원래 내가 한 인기 하잖아~."

"우리학교 여자 애들이 원래 눈이 좀 낮아."

"좀 맞으셔야지?"

"난, 사실을 말했을 뿐이야."

"좀 맞자! 수연아."

이를 빠드득 갈며, 나에게 달려드는 김재환.

저것이 지금 연약한 여자를 때리겠다는 거야? 할 수 없군.

"어어? 신수연."

"됐어, 아무 말 말고! 뛰어, 이시우!"

난, 두려운 마음에 시우를 잡아끌며 무작정 뛰었다.

"야! 신수연!! 너, 잡히면 뒤진다!!"

뒤에서 무시무시한 소리를 내뱉으며 따라오는 재환이. 난, 더욱더 죽어라 뛰었다.

시우 팔을 잡은 채 하교하는 애들을 헤치며 미치도록 뛰었다. 운동장 한바퀴 정도를 돌았을까?

"으, 윽….."

잡은 손이 놓여지고, 갑자기 가슴을 꽉 잡으며 힘없이 주저앉는 시우.

어느새 창백해진 얼굴.

"시, 시우야!! 왜 그래!!!"

"으, 으윽…"

많이 고통스러운 듯 1년 전 그때처럼 식은땀을 흘리며 숨을 가쁘게 내쉬는 시우.

"이시우!!"

뒤따라오던 재환이가 시우에게 한걸음에 달려간다.

"이시우! 너, 괜찮은 거냐? 왜 그래!!!"

"으..괜찮아, 재환아."

"너, 약은 제때 먹고 있는 거지?"

"… 그래."

"담배는…?"

"그만, 그만 얘기해라, 재환아."

"뭐?"

"앞에 수연이 있잖아. 놀랜단 말야. 저 녀석."

불규칙한 숨을 내쉬며, 고통스러워하는 표정이면서도 내 걱정부터 하는 시우.

"……."

"재환아! 무슨… 소리야? 약이라니?"

"……."

"말해봐. 무슨 소리야?"

"… 나중에 얘기하자."

"지금 말해. 무슨 소리냐고!!"

"나중에 얘기하자."

시우를 부축한 채 뒤를 돌아 걸어가는 재환이.

뭐야, 대체 뭐야. 이게….

"이시우!!!"

난, 바로 뒤따라갔다.

"신수연…."

"무슨 일이냐고! 나도 알아야 될 거 아냐!!"

"별일 아니야. 걱정말고 옥영이하고 먼저 집으로 가."

"어떻게 걱정을 안 해! 그 때와 똑같잖아. 지금… 1년 전 그 때."

"……."

"대체 뭐야! 왜, 나한텐 숨겨!!"

"아무것도 아니라니까…."

"그럼, 말해봐. 아무것도 아니라면 말 해줄 수 있잖아."

"미안…."

재환인 나와 시우를 번갈아 보며 말하곤 고개를 숙인다.

"미안, 미안…. 그런 말 하지말고 말해봐! 김재환!!!"

"……."

"뭐냐고!! 대체!!"

"……."

"그래, 그러고 보니 저번에 탁윤이 무슨 말을 했었어. 그거 맞지?"

"……."

"나에게도 말하라고! 나만 바보 같잖아!!!"

"죽는다. 이시우."

시우의 목소리.

"……."

"대답해줬다. 너에게만 숨기는 것도 아니고, 너 바보도 아니다."

"… 뭐?"

"……."

"나 지금 뭐가 잘못 들은 것 같은데…."

"……."

"지금 뭔가 잘못 들은 것 같아."

"죽는다. 이시우."

"……."

"죽는다. 나, 죽는다고."

한 글자 하나하나… 또박또박 말하는 시우.

애가 지금 무슨 소릴 하는 거야? 왜, 이런 장난을 치는 거야…? 말도 안 되는 얘길 왜 하는 거야.

"아니야, 수연아! 죽는 거 아니야. 시우가 잘못 얘기한 거야."

다급한 목소리로 말하는 재환이. 손짓으로 아니라는 표시를 하며 부정한다.

"그래, 재환아. 내가 뭐 잘못 들은 거지?"

"아니."

"……"

"듣고싶다며. 무슨 일인지 듣고싶다고 했잖아. 그럼 사실을 알아야지."

"……"

"너, 잘못 들은 거 아냐."

다시 한번 확인시켜 주려는 듯 말하는 시우.

머리를 세게 얻어맞은 느낌, 시야가 흐려지며 앞이 잘 보이질 않는다.

"더 알고싶은 게 있음 말해. 대답할 테니까."

"……"

"하지만, 지금은 못하겠다. 나중에 말하자. 수연아….'"

"……"

"가자, 김재환."

다시 등을 돌려 재환이에게 부축을 받으며 교문을 빠져나가는 시우. 그리고, 나는 다리가 풀려옴과 동시 자리에 주저앉아버렸다.

"수연아!!"

옥영이가 뛰어와 무슨 말을 했지만 지금 내 귀에는 아무것도 들리지가 않는다.

그래, 시우가 거짓말을 하는 거야.

빨리 가야 하는데 아무것도 아닌 일 가지고 내가 방해해서 장난치는 걸 거야. 그런걸 거야….

+다음 날. PM 7:30.

난 지금 목동에 와있다. 시우에게 어제 한 얘기를 다시 듣기 위해 시우네 집 근처 커피숍에서 앉아 시우를 기다린다.

10분 정도가 흐르고, 평소와 다를 바 없는 모습으로 시우가 왔다.

"언제 왔어?"

"얼마 안됐어."

"그래?"

"……."

"……."

어색한 긴 침묵이 흐른다. 레모네이드 두 잔을 시키고, 서로 다른 곳을 바라본다.

"저기….."

먼저 침묵을 깬 건 나.

"……."

"저기, 어제 한말 말야…."

"사실이야."

다시 나를 보며 전혀 아무렇지 않게 말하는 시우.

"… 뭐?"

"사실이라고 그거."

"… 거짓말."

"사실이야."

"거짓말 하지마!! 이시우!!!"

"사실이야."

"거짓말. 사실이라면 왜 이렇게 밝은 모습으로 말하는 거야? 그렇게 하면 안…."

"피한다고 될 일이 아니니까."

"……."

"죽는대. 나…."

피씩 웃어 보이는 시우.

저 한마디에 내 눈 안에서 눈물이 핑- 돈다. 그리고, 기어코 떨어지는 눈물 한 방울.

"이래서 말 안 하려고 했는데…."

"……."

"너, 이렇게 울 거 뻔하니까. 아파할 거 아니까 하지 않으려 했는데."

"… 당연한 거야. 이거는."

한 방울, 한 방울. 뚝뚝 흘러내리는 눈물. 하염없이 그렇게 흘러내리는 눈물.

"……."

"당장 죽는다는 거 아니니까 그렇게 울지마."

"……."

"난, 괜찮으니까."

"모르겠어. 자꾸 눈물이 흘러….."

"괜찮다니까."

"… 어디가 안 좋은 거야?"

"여기….."

천천히 손을 들어 왼쪽 가슴에 손을 대는 시우.

심… 장?

"그럼, 너….."

"……."

"언제부터?"

"중3때 알게 되었어."

"……."

"그동안 말못해서 미안."

"하….."

쉴새없이 눈물이 흐른다.

미치도록 아픈 가슴.

"근데, 너 죽지는 않는 거지?"

"……."

"어제 말한 건 그냥 최악의 경우일 뿐이지…? 그렇지?"

"… 이식을 받지 못하면."

"… 응?"

"심장이식을 받아야돼."

"그거 받으면 살 수 있는 거야?"

"……."

"그럼, 받으면 되잖아…."

"안… 돼."

숨이 차는지 다시 숨을 가쁘게 쉬는 시우.

"시, 시우야! 괜찮아…?"

"괜찮아…."

"……."

"아직은 괜찮으니까 울지마, 수연아."

하지만, 내 눈물은 하염없이 흘러내린다. 주체할 수 없을 정도
로…. 참으려고 해도 쏟아져 흐른다.

"울지 말라니까. 바보같이… 우는 거냐?"

"안 울어."

"괜찮다니까. 누구나 다 이러는 거야."

"……."

"괜찮아…."

"미안해. 나 먼저 갈게."

가슴이 찢어지는 듯한 고통으로 자리를 박차고 커피숍을 빠져

나왔다. 비틀비틀 거리며 집으로 갔다.

내 방안으로 들어와 너무도 아픈 가슴을 잡으며 소리내어 펑펑 울었다.

★59★

다음 날 난 뜬눈으로 밤새우고 퉁퉁 부운 눈으로 학교에 갔다.

웬일로 일어나 있는 기생. 내 눈을 보곤 인상을 찌푸리며, 자기 얼굴을 내 얼굴에 가까이 댄다.

"야, 어제 밤샜냐?"

"떨어져서 말해!"

"안 그래도 처진 눈이 부어 갖고, 더 처져 보인다."

"많이 부었어?"

"그래!! 너, 혹시 밤새 울었냐?"

"……."

"뭐야, 그랬어?"

눈을 크게 뜨며 큰 소리로 말하는 기생. 흠칫 놀라 몸을 뒤로 젖혔다.

"무슨 일 있는 거냐, 너?"

"… 아니."

"그럼, 밤새도록 울 일이 뭐가 있어?"

"울었다는 말 아직 안 했다!"

"척 봐도 알겠다. 얼굴에 쓰여있다."

"무슨..소리야."

"여기에 '나 무슨 일 있음' 이라고 써있다고!"

검지로 양미간을 툭툭 치며 말하는 기생.

"무슨~ 말도 안 되는 소릴!!"

"말해봐."

"뭘, 말해~."

"무슨 일인지."

"아무 일도 아니라니까 그러네."

"너, 토요일까지는 기분 괜찮았잖아. 어제 무슨 일 있었냐?"

"아니야."

154

눈앞을 스치고 지나가는 시우 얼굴. 쏟아질 것 같은 눈물에 황급히 녀석의 시선을 피했다. 그리고, 텐리도 눈치를 챘는지 더이상 아무 말도 없었다.

+방과 후.

혼자 터덜터덜 집으로 향했다.

오늘은 학교에서 하루종일 울기만 한 것 같다. 갑작스런 시우의 말에 현재로는 눈물밖에 나오질 않는다.

지금도 흘러내릴 것 같은 눈물을 꾹 참으며 힘이 빠져 주저앉을 것 같은 다리에 힘을 꽉 주며 집으로 향한다.

고개를 숙인 채 108동 앞을 지나고 있는데 누군가 나를 불러 세운다. 바로 고개를 들고 누군지 확인했고, 난 다시 한번 쏟아질 것 같은 눈물을 참아야만 했다.

"그렇게 고개 숙이고 가면 사고난다."

장난 섞인 말투로 생글생글 웃으며 말하는 시우.

"시우야…."

"작은 사람이 고개 숙이고 걸으면 더 작아진다."

"뭐야?"

"하하. 거기서 더 작아지면 내려보는 나, 목 빠지겠다."

"이씨!! 얼마나 차이 난다고!"

"적어도 20cm는 차이 난다."

"됐어!!"

장난치는 모습도 그대로였다.

일요일에 들었던 얘기는 마치 꿈이었던 것처럼… 시우는 꽹장히 밝은 모습이었다.

"근데, 너 울었어?"

"응?"

"눈이 왜 그래? 울었어, 너?"

내 눈을 조심스럽게 만지며 말하는 시우.

"아니."

"아니긴… 눈이 통통 부었는데…. 왜 그래! 무슨 일 있어?"

"……"

"왜 그러냐고!!"

"……"

"신수연!!!"

다그치는 듯이 소리를 크게 지른다.

"너 때문에… 울었어."

"뭐?"

"시우 너 때문에 울었다고!!"

"……"

"니가 갑자기 그런 말해서 자꾸 죽는다고 해서… 울었어."

"……"

"자꾸 니가 한 말이 귓전에서 맴돌아. 그럴 때마다 한없이 눈물이 흘러. 참으려고 해도 멈춰지지도 않아…"

다시 또 흐르는 눈물. 왜 이렇게 자꾸만 나오는 건지…. 왜 참기 힘들 정도로 흐르는 건지….

두 손으로 얼굴을 감싼 채 흐느껴 우는 나를 시우는 말없이 안아준다. 그리고 떨리는 음성으로 말하는 시우.

"미안, 미안…, 수연아."

"……"

"정말 미안…"

"제발 그런 말은 하지마, 시우야."

"……"

"죽는다는 말 그렇게 쉽게 하는 거 아니야…."

"… 미안."

나를 안은 팔에 힘이 들어가며 미세하게 떨려오는 게 느껴진다. 그 상태로 시간이 조금 흐르고 내 어깨를 감은 팔이 풀어진다.

"신수연! 이러다가 울보 되는 거 아니냐?"

"울보라니!!"

"요즘 따라 계속 울기만 하는 것 같다."

"너 때문이잖아."

"하하, 그래…. 하지만 이젠 울지 마라."

"……."

"더욱이 나 때문에는 울지마."

"……."

"미안한 말이지만 난 해줄게 없으니까…. 너 울어도 해줄게 하나도 없으니까."

"… 응,. 괜찮아. 괜찮아…."

한순간에 모든 것이 무너져 내리는 것처럼 가슴이 아파 왔지만 난 웃었다. 울지 않고 시우를 바라보며 웃었다.

우는 건 안 돼. 수연아! 앞에 시우가 있잖아. 그러니까 너 울면 안 돼! 우는 건 시우가 보이지 않을 때 등을 돌리고 내 모습을 보지 못할 때 그때 하기로 하자.

"그럼, 난 이만 갈게."

"……."

"약속이 있었거든. 여긴 잠시 네 얼굴 보려고 왔어."

"… 응."

"어이구! 좀 늦었다. 갈게."

"응."

등을 돌리고, 시우의 얼굴이 보이지 않았다. 자꾸만 쏟아질 것 같은 눈물을 억지로 꾹꾹 참아가며 집으로 들어갔다.

+며칠이 흘렀다.

그동안 시우에게서는 단 한 번도 연락이 없었다. 기다리다 지쳐 내가 먼저 하면 늘 전원은 꺼져있었다.

불길한 생각이 앞서 학교가 파하자마자 목동으로 갔다. 그리고, 재환이와 함께 시우네 집으로 향했다.

"이거 가지고 있어."

열쇠 하나를 건네는 재환이.

"이게… 뭐야?"

"시우네 집 열쇠야."

"……."

"내 거 하나 있거든. 그거 복사했어."

"……."

"필요할 거야. 자주 올 거잖아. 너."

"응."

건네 받은 열쇠를 내 열쇠고리에 연결했다.

+시우네 집 도착.

문을 열고 들어갔다. 여전히 거실은 텅 비어있었고, 저번에 왔
을 때와는 특별히 달라진 건 없었다.
다만 저번과는 마음만 다를 뿐….
"이시우!!!"
크게 이름을 부르며 현관에서 가장 가까운 방의 문을 열어 젖
힌다. 그와 동시 내 눈에 또다시 눈물이 고였다. 시우는 침대에
기대어 힘들게 숨을 내쉬고 있었다.
바로 재환이가 시우에게로 달려갔다.

"이시우!!!"
"……."
"뭐야, 이 자식아! 힘들면 연락하라고 했잖아!!!"
"……."
"뭐야, 이게!! 언제부터…."
"호들갑 떨지 마라, 김재환. 참을 수 있으니까. 참을 정도니까
걱정 안 해도 돼."
"병신아! 이게 무슨 참을 정도야!"
"괜찮다. 정말 괜찮으니까…."
"이시우!!!"

"그러니까 환자취급은 하지마."

"......"

"아무렇지도 않으니까…."

천천히 다시 숨을 고르며 조용히 말을 한다.

"너 때문에 수연이 놀랬잖아."

"......"

"괜히 호들갑 떨어서 저 녀석 놀랬잖아. 그렇지? 수연아."

옅은 미소를 띠우며 물어왔지만 난 대답할 수 없었다. 나도 재환이 마음과 똑같으니까….

"신수연, 걱정하지마! 아무것도 아니니까."

"......"

"잠을 못 자서 그래. 어제 잠을 못 잤거든. 밤늦게까지 '스타' 하느라."

거짓말….

"그, 그리고 요새 몇 일간 이불을 덮지 않고 잤더니 감기가 걸려서 이런 거봐."

거짓말….

"그러니까 걱정 안 해도 돼. 너, 또 눈물 흘러내리겠다."

"......"

"이제부터 수도꼭지라고 불러야겠다. 매일 우네. 너."

"......"

"아~ 정말 괜찮다니까. 정말이야."

계속 거짓말을 하는 시우.

다 알고 있는데도 자신을 먼저 생각하지 않고, 우리가 걱정할까봐, 폐 끼칠까봐 자신의 아픔조차 표현하지 못한다.

"갈래."

"……."

"너, 이제부터는 하루에 한번씩 꼬박꼬박 연락해!"

"……."

"이렇게 혼자서 끙끙 앓지 말고 아프면 아프다고 말해!"

"……."

"하나도 폐 끼치는 거 아냐! 그러니까 꼭 그렇게 해. 알았지!!"

"아~ 김재환! 너 때문에 수연이 오해했잖아."

"오해 아니야. 이시우!"

"……."

"아무튼 그렇게 해. 먼저하기 힘들면 내가 할 테니까 전화 꼭 받아. 알았지?"

"……."

"알. 았. 지?

"알았어…."

뒤를 돌아 나왔다. 시우 말대로 내 별명 수도꼭지로 바꿔야 하나보다. 왜 자꾸 시우만 보면 눈물이 나는 건지…. 이러면 안 되는데….

★60★

내가 한 말이 효과를 제대로 봤나보다. 매일매일 나에게 전화
를 하는 시우.
자신은 괜찮다는 걸 증명하듯이 늘 밝은 목소리로 전화를 한
다.
  -지금 뭐해?
  =약 먹어.
  -약?
  =응, 너무 쓰다.
  -히히. 그래도 꼬박꼬박 잘 챙겨먹어. 밥은 먹고 먹는 거야?
  =그래.
  -그럼, 먹고 푹-쉬어. 나중에 갈게.
  =응. 수업 잘 받고. 끊는다.
왠지 좋은 느낌.
시우의 목소리가 점점 좋아지는 것 같다. 어느새 눈물이 사라
지고 나도 모르게 히죽거린다.
  "이번엔 어째 상황이 반전됐다?"
  "뭐가?"
  "저번엔 울더니 이제는 웃어 대냐?"
  "에?"
  "모든지 과도로 하는 건 좋지 않다. 적당히 웃어라. 보기 안

162

좋다."

말투만 봐도 누군지 알 것이다.

기생 놈. 짝이 오랜만에 기쁜 마음에 웃는다는데 그게 언짢은 지 자꾸 시비를 걸어온다.

"내가 기분이 좋아서 웃는다는데 뭔 상관이야!"

"보는 사람의 기분도 생각해주셔야지. 이 사회는 더불어 사는 사회인데."

"네가 언제부터 그런걸 따졌었냐?"

"언제가 뭐가 중요하냐. 어느정도인지의 그 깊이가 중요한 거 지!"

"그래! 됐다, 됐어. 너 잘났다!"

"응."

다들 알아두길 바란다. 저런 놈은 무시가 상책이라는 걸.

+종례시간.

씨익 웃으며 기생과 나에게로 걸어오시는 선생님. 저 웃음 웬 지 불길하다.

"수연아~ 오늘 급한 약속 있니?"

"아뇨."

"어머! 그래? 그럼, 텐리는?"

"있어요. 급해요. 아주!"

나도 이렇게 대답을 했어야 했다. 왜 '아뇨'라고 대답을 했을
까!!

젠장 하게도 난, 지금 아무도 없는 교실에서 담임의 일을 도와
주고 있다. 수업시간이 쓸 자료라면서 계속 집도 못 가게 하는
담임.

그렇게 맘속으로 한없이 기생 놈을 부러워하며 시간이 흘렀
다.

그 날 난… 8시가 넘어서야 겨우 담임의 손에서 풀려났다. 그
리고, 시우에게로 전화를 걸었다.

=이시우입니다.

-수연이. 나 지금 너네 집으로 간다.

=집에?

-응. 열쇠는 있으니까 내가 열고 들어갈게. 좀 있다 봐~.

내 멋대로 전화를 끊고, 시우네 집으로 향했다. 재환이가 준
열쇠로 문을 열고, 안으로 들어갔다.

거실 소파에 기대어 있는 시우.

"왔어?"

"어…"

"재환이가 열쇠 준거야?"

"어? 어…"

"편하네. 직접 문 열어 주지 않아도 되고."

"정말… 이야?"

"그래."

괜찮다는 그 말에 한걸음에 다가갔다. 등은 소파에 기대고, 팔
에는 웬 하트인형을 끼고 있는 시우.

"에? 웬 인형이야?"

"응?"

"팔에 끼고 있는 거."

"아~ 이거 몰라?"

"인형이잖아."

"하하."

"네가 산 거는 아니지?"

"응, 누가 선물로 준거야. 내 심장 하라며."

"정말? 누가?"

"있어. 둔한 애."

나를 보며 피씩 웃는 시우. 왠지 나를 가리키는 듯한 말이었
다.

물론, 내가 둔한 거는 인정하겠지만 시우에게 하트인형을 선
물한 적은 한번도 없단 말이다!

"왜 나, 나를 보며 말하는 거야?"

"응?"

"내가 준거 아니잖아. 왜 나를 보며 말해."

"하하. 여기에 너밖에 없으니까 당연히 너 보면서 말하지."

"그, 그렇구나. 아하하!"

괜히 나 혼자 오해했다는 생각에 크게 한번 웃어줬다. 근데, 왠지 저 빨간 하트인형이 거슬리는 이유는 뭘까?

그 날 난 시우네서 밥까지 다~ 얻어먹고 집으로 돌아왔다. 그리고 엄마에게는 죽기 직전까지 혼났다.

조금의 시간이 더 흘렀다.

어느덧 11월의 열 한 번째 날.

오늘은 빼빼로데이~.

슈퍼에서 파는 500원짜리 빼빼로를 사서 기생 놈과 천곱슬에게 하나씩 나눠주었다. 약간의 인상을 찌푸리는 기생 놈과 하루

종일 입이 귀에 걸려있는 천곱슬.

하나는 너무 안 좋아해서 문제고, 하나는 너무 좋아해서 부담된다. 그리고 오늘은 키포인트!

원래, 이런 날은 남자친구와 함께여야 했기에 학교가 파하자마자 서둘러 시우네로 향했다.

이번엔 슈퍼가 아니라 팬시점으로 들어갔다.

별로 맛은 없어 보이지만 부피가 큰 王빼빼로를 몇 개 사들고 밖으로 나왔다.

시우네 아파트 단지 안으로 들어섰다. 앞에 어디서 많이 본 뒷모습!

시우였다!

"시우야!!"

난, 한걸음에 달려가 뒤에서 와락 안겼다. 전혀 당황한 기색 없이 그냥 웃는 시우.

"여기서 뭐해?"

"오늘 눈 온대."

"눈?"

"응. 첫눈 온대."

"별로 믿지는 않지만 온다고 했으니까 나와봤다."

"춥잖아. 안 추워?"

"추워. 근데 안에만 있으니까 답답해."

하늘을 바라보는 시우.

그리고 시우의 말대로 하늘에서 내리는 새하얀 눈.

"수연아, 눈 온다. 보여? 내리고 있잖아."

"응….."

"언제쯤이면 거리를 하얗게 가득 메울 정도의 눈이 내릴까?"

"……."

"12월 그때쯤이겠지?"

"… 그렇겠지."

"그럼, 안 되는데. 눈사람 만들어야 되는데."

"만들면 되잖아. 그때…."

"글쎄. 그렇게 될 수 있으려나?"

"당연하지!!"

천진난만한 표정으로 하늘을 올려다보는 시우. 어린아이처럼 마냥 좋아하는 모습.

"시우야, 12월에 눈 많이 쌓이면 그때 눈사람 만들자."

"그래."

"꼭! 만드는 거다?"

"응. 꼭….'

잠시 아픈걸 잊는 듯 어두운 표정하나 없이 밝은 모습으로 뛰어다닌다.

난, 그게 마냥 좋아 보였다. 하지만 그건 고통을 숨기기 위한 만들어 놓은 겉모습이었을 뿐이다.

168

 ★61★

한참을 그렇게 밖에서 즐겁게 있다가 다시 안으로 들어왔다. 비틀비틀 거리며 안으로 들어와 소파에 기대어 가쁜 숨을 내쉰다.

"하하. 너무 무리했나보네."

나지막하게 중얼거리는 시우. 숨쉬는 게 점점 빨라진다.

"약 좀… 갖다 줘. 내 방….'

거친 숨을 몰아 내쉬며 잘 들리지 않는 작은 목소리로 말한다. 바로 방으로 달려가 약을 갖고 왔다.

"시우야!!!"

"… 괜찮아…. 그러니까 오늘은 이만… 가."

늘 같은 모습. 늘 힘들어하는 모습. 아픈 걸 꾹꾹 참아내며 견디고 있는 모습.

말하는 것조차 힘든 시우는 말 한마디, 한마디. 천천히 토해낸다.

"시우야…."

"괜찮아. 그러니까 가. 수연아."

"……."

"이런 모습 보이는 거 싫다. 그러니까… 제발…."

한쪽 손으로 왼 가슴을 잡으며, 다른 한 손으로 나를 밖으로 밀어내는 시우.

"이시우."

"가, 수연아…."

"시우야..!!!"

"가라니까!! 가라고. 나가, 신수연…."

호흡이 점점 빨리 진다. 많이 힘겨운 듯 약을 집어들어 물도 없이 삼키는 시우.

가슴이 끊어질 정도의 아파 오는 걸 느낀다.

"가, 신수연!! 빨리!!"

"차라리 내 심장 가져가!"

내 입에서 나온 말이다. 나도 모르게 입에서 흘러나온 말이다.

"… 뭐?"

"그, 그랬으면 좋겠어. 이런 모습 보는 내 마음이 더 아프니까."

"……."

"차라리 내 심장 가져가. 그리고 이식수술 받아."

"말도 안 되는 소리 좀 하지마."

"뭐가 말이 안 돼! 그건 오히려 너야! 언제까지 이렇게 아파할 거야!!"

"… 괜찮다니까…."

"제발 그 말은 그만해. 그냥… 수술 받아."

주저앉아 시우의 손을 붙잡고 울며 애원했다.

"제발…."

"… 수술비는?"

"그건…."

"성공률은?"

"……."

"그러더라. 지금 내 상태로는 성공률 높지 않다고."

"……."

"그래, 만약 수술이 성공했어. 그럼, 그 후는?"

"……."

"평생동안 약을 먹어야 되고, 난 이렇게 앉아있는 것만으로도 힘이 드는데…."

"……."

"오래 걷는 건 상상도 할 수 없어. 그럼, 내가 나 같지 않을 텐데…."

"……."

"그러니까…."

쓴웃음 지어 보이는 시우.

"이시우가 먼저 간다."

"……."

"늘 나를 외면했던 이곳. 이제는 내가 등을 돌려 먼저 간다."

"……."

"그러니까 이제 가, 신수연! 내 대답 들었잖아."

"……."

힘겹게 몸을 일으키며 붙잡은 내 손을 잡아끌며 밖으로 나간 다.

■말 못한 이야기■

 기본적으로 나온 실황은 3년.

3년이다. 이식을 받지 못한다면 내가 살 수 있는 기간.

중3때 받은 진단이니 벌써 2년째다.

난, 내일 죽을 수도 있다.

3년은 어디까지나 통상적이니까….

요즘 따라 잦은 호흡곤란과 가슴의 통증.

꼭 800m 오래달리기를 한 것처럼 숨이 차지만 아직까지는
견딜만하다.

힘들긴 하지만 죽기보다 쉬운 것이니 괜찮다.

인체 각종 장기 중 가장 이식이 힘들다는 심장. 그래서인지 만
만치 않은 수술비용과 성공률.

수술이 성공했다해도 평생 약을 먹어야하고, 늘 숨이 차고 이
런 고통을 느껴야할지도 모른다.

정말 난, 불행을 타고났나 보군.

앞으로 내색 한번 하지 않고 얼마나 버틸 수 있을까? 겉으로
는 절대 표현하면 안 되는데….

이렇게 아무것도 해보지 못하고 죽기만을 기다려야하는 건
가?

"이시우가 먼저 간다."

"......."

"늘 나를 외면했던 이곳. 이제는 내가 등을 돌려 먼저 간다."

"......."

말은 그렇게 했지만 아무에게도 말못한 내 진짜 속마음은… 살고싶다.

난, 그저 살고싶을 뿐이다.

엄마….

이제야 엄마 품이 그리운 10살짜리 어린아이에서 벗어났다 싶었는데 그래도 아직은 어린애예요. 너무 아플 땐 마냥 생각이 나고 그래요.

나 이렇게 죽는 거예요?

혼자서도 살아갈 수 있다 생각했는데…. 살아갈 방법을 하나 씩 배우고 있는데…. 날개조차 펴보지 못 했는데… 죽는 건가 요?

난, 푸른 하늘을 훨훨 나는 새가 부러워요. 저 작은 날개로도 큰 모습으로 훨훨 나는 저 새들 말이에요.

난 날지 못하니까요. 날개를 펴는 것조차 할 수 없으니까요.

하늘에 가면 10살. 그때로 돌아가 하나씩 차근차근 알려주세 요.

벌써부터 보고싶습니다. 하지만, 전 지금은 살고싶어요.

■모르는 이야기■

열 여섯. 중3.

"저기, 시우야…."
"……."
계속 같은 말만 반복하고 있는 아이. 고개를 아래로 떨군 채
말 한마디 제대로 못하고 있다.
10분 째. 이제 결심한 듯 말 한마디 할거다.
「니가 좋아, 시우야.」
"니가 좋아, 시우야."
맞지?
"저기, 시우야. 그러니까…."
"거기까지."
"응?"
"너, 나한테 네 심장 줄 수 있냐?"
"…어?"
"없다면 꺼져."

"저, 저기. 시우야!!!"
난, 선천적으로 심장이 약하다. 가끔씩 찾아오는 고통으로 너
무 힘이 들곤 하다.
어렸을 적부터 누가 좋아한다는 고백을 해오면 늘 저렇게 애

기를 했다. 그리고 상대방의 대답 또한 마찬가지.

　심장을 줄 수 있는 사람은 없다.

　7월의 어느 날. PM 10:30.

　집으로 가는 길.

　"시우야!!"

　누가 내 어깨를 툭툭 치며 부른다. 뒤를 돌아보니 서혜진. 생글생글 웃으며 무언가 하고싶은 말이 있는 눈치.

　"어? 서혜진!"

　"마침 잘 만났다!!"

　"네가 여긴 어쩐 일이냐?"

　"저기, 미안!! 얘 좀 부탁할게!!"

　내 손을 잡아당겨 어떤 여자애 손을 잡게 하고는 재빠르게 뛰어간다.

　"야, 야!! 서혜진!!"

　"걔네 집. XX아파트 301동 XXXX호야!"

　그 말만을 남겨놓은 채 재빠르게 뛰어가는 서혜진. 그리고, 남겨진 나와 여자아이. 제대로 서지도 못하는 게 취했나보다.

　"야, 야! 정신차려!"

　"우… 웅~우리 혜진이 어디 갔어?"

"너, 버려 두고 날랐다."

"그럼, 니가 나하고 놀아줘야겠다! 히히."

"뭘 놀아. 집에 가야지!"

"안 돼! 놀아야 돼!!"

내 손을 꽉 잡는 녀석.

"집에 안 갈 거냐? 늦었다."

"갈 거야, 조금만 더 놀다가."

"하~ 대체 얼마나 마시면 이지경이 될 수 있냐?"

"에? 나, 예쁘다고?"

제대로 취했군.

"나 심심한데 어디 가서 놀면 안 돼?"

"내가 너하고 왜 가!!"

"난, 소중하니까."

얼마나 마셨을까?

"야~ 우리 놀러가자! 응?"

"제대로 걷지도 못하면서 어딜 가!"

"놀러~ 놀러나가자~."

"넌, 얼굴을 보면 취했는데 말은 하나도 안 취한 것 같다."

"히히."

　나중에 서혜진에게 들은 얘기지만 취하면 원래 이렇다고 한다. 그리고 이 날은 소주 4잔 마셨다고 한다. 누가 물이라고 속인 걸 마셔서 이렇게 되었다고.

"야~ 놀러가자!!"

"됐다니까!"

녀석을 내버려두고 집 쪽으로 향했다. 하지만 몇 미터 못 가 다시 와야했다.

"엉엉. 동네사람들~ 쟤가 나 버리고 가요~. 여보세요! 동네사 람들~."

큰 소리로 자리에 주저앉아 우는 척을 하고있고 때문에… 이 것 때문에 사람들의 시선이 모두 나에게로 향했다.

녀석을 일으켜 세워 사람들 시선이 못 미치는 곳으로 갔다.

"야, 너 집에 갈 거야 말 거야?"

"안 가!"

"그럼 난 집에 간다."

"뭐? 그런 게 어디 있어!!"

"그러니까 너도 집에 좀 가라. 사람 귀찮게 하지말고!"

"싫어! 안 돼! 못 가!!"

다시 한번 내 손을 꽉 잡는 녀석. 할 수 없군.

"니 심장 나한테 주면 안 간다."

"에? 뭐? 심장?"

"그래, 나한테 니 심장 줄 수 있냐?"

"아니."

"그럼, 그럼 간다."

"히히- 안 돼, 안 된다니까~."

생글생글 웃으며 이번엔 팔짱을 끼는 녀석.

"대체, 왜 이러는 거냐?"

"그냥~ 같이 놀자고~!"

"됐다."

"그럼 집까지 바래다 줘."

팔짱을 낀 손에 약간이 힘이 들어갔다. 그리고, 난 다시 녀석과 함께 XX아파트로 향했다.

"어이~ 이시우!"

또, 누군가 내 어깨를 톡톡 쳤다. 위층에 사는 한 살 위인 형.

"어? 형! 어디 갔다오는 거야?"

"응, 꿈의 나라 롯데월드!"

"하하. 재밌었어?"

"당연하지. 근데 옆에는 누구···."

"주정뱅이."

"아, 맞다. 필름 좀 남았는데 사진 찍어줄까?"

"네!!♡"

큰 소리로 대답을 하곤 내 옆에 포즈를 취하는 녀석.

"아하하. 이시우! 재미있는 녀석 하나 잡았네?"

그렇게 녀석과 난 3장의 사진을 찍고 다시 녀석의 집으로 향했다. 지금까지와는 다르게 침묵을 유지하며 걷고 있는 우리.

큰길로 나오고 녀석이 침묵을 깬다.

"저기, 근데 말야··· 정말 심장 필요해?"

"응."

"왜 필요한데?"

"이식 받아야 하니까."

"왜?"

"왜긴! 심장이 좋지 않으니까 그렇지."

"아, 그렇구나."

"……"

"그럼, 내가 저-거 사줄까?"

옆의 팬시점 앞에 걸려있는 하트인형을 가리키며 말한다.

"지금, 장난하자는 거냐?"

"아니."

"그럼, 뭐냐? 내가 여자 애냐! 인형을 갖고 놀게."

"누가 갖고 놀래? 왜~ TV같은데서 나오잖아. 심장이 하트모양이라고!"

"그래서."

"안타깝게도 나에겐 내 심장은 소중하니까 주지 못해."

"……"

"그래서, 그거 대신 아-주 큰 심장을 주겠다고~. 히히-"

"뭐?"

"잠깐만, 기다려~~."

내 대답은 듣지도 않고, 팬시점 안으로 들어가 큰 하트인형을 사 갖고 나오는 녀석.

"받아."

"어."

나도 모르게 얼떨결에 받은 인형. 그리고, 방긋- 웃으며 말을 하는 아이.

"오예! 심장이식 성공이다. 히히!"

"……."

"이 심장은 가장 크고, 튼튼하고, 갈기갈기 찢기지 않는 한 이상 없어."

"……."

"니 심장은 이제 세상에서 가장 튼튼한 거야. 좋지?"

"그래."

"히히! 좋아, 좋아."

활짝 웃는 녀석.

"심장이식도 잘 됐으니 너는 심장에 아무 이상 없이 오래오래 살 거야."

"……."

"히히. 그것보다 원래 성격 더러운 사람이 오래 살거든."

"뭐!!"

"아, 우리 앞으로 친한 친구가 되자! 자, 약속!"

갑자기 내 오른손을 잡아 새끼손가락을 거는 녀석. 장난하자는 건가?

"우리는 친구! 히히-"

"뭐냐?"

"왜, 싫어?"

"싫다."

"왜!!"

"난 주정뱅이는 싫어."

"뭐야~ 아무튼! 난, 신수연이다. 앞으로 내가 먼저 인사할 테니까 자주 보자고~."

이렇게 말하는 이 녀석의 말을 믿는 내가 바보였다.

다음 날 학교근처에서 녀석을 봤지만 녀석은 인사는커녕 나를 못 알아본다.

그 다음 날에도 또, 그 다음 날에도 계속 녀석은 날 모르는 듯 했다. 그리고 뒤늦게 서혜진에게 들은 말.

'신수연은 만취상태에서 한 행동은 그 다음 날이면 모두 잊어버려.'

젠장! 오늘도 난 녀석의 학교근처를 맴돌고 있다.

내가 먼저 인사하면 그만인데 그거 하나 못하고 무작정 기다리고만 있다.

날 알아봐 주기를 기다리면서.

"이시우!"

"서혜진."

"여긴 웬일이야?"

"집에 가는 길."

"니네 집 반대편이잖아."

"……."

"혹시 나 만나러 온 거야?"

"꺼지고."

"뭐야~."

"뭐야~ 아무튼 여긴 내 친구 수연이 기억하려나?"

당연하지!

"야야, 신수연. 인사해! 얘가… 시….."

"어? 혜진아~ 나 먼저 갈게. 오늘 엄마가 숯불갈비 먹으러 간다고 일찍 오라고 했거든~."

"뭐, 뭐야. 너!"

"미안, 먼저 갈게~ 히히! 혜진이 친구도 안녕~."

짧게 인사를 건네고 부랴부랴 뛰어가는 신수연.

혜진이 친구라. 넌 언제쯤이면 나를 먼저 알아보고 인사해줄 거냐?

"신수연!!!"

나도 모르게 내 입에서 나온 녀석의 이름. 뛰어가던 녀석이 뒤를 돌아본다.

"응? 나 불렀어?"

"……."

"방금 누가 나 불렀는데…."

"너, 나 모르냐?"

"에?"

"……."

"알아, 혜진이 친구! 히히– 그럼 정말 안녕~."

환하게 한번 웃곤 다시 뛰어간다. 바보같이 둔한 너에게 내가 왜 '기대' 라는 걸 했을까?

친한 친구는 무슨! 제발 알아보기라도 해라. 네 말대로 나 같은 사람은 오래 살 거야. 분명. 그러니 한참 후에라도 먼저 인사해라.

다시 만나자. 그리고 점점 알아가자.

시우가 혜진이에게 수연이에 관한 얘기를 듣는 건 그 후의 이야기. 그리고, 이건… 수연이는 모르는 이야기.^-^

183

★62★

터덜터덜 집으로 돌아왔다. 남아있는 힘이 다 빠져나가 버려 힘없이 침대위로 무너져 내렸다.

+다음 날 방과 후.

지금 난, 시우네 집으로 향하고 있다. 어제처럼 그렇게 내쫓을 수도 있지만….

분명, 어제 그렇게 힘들어했으니까 지금은 많이 약해져 있을 거다. 앉아있는 것조차 힘든 그 아인 아무것도 할 수 없는 상태라는 걸 알기에 시우에 집으로 향했다.

보조키로 조심스럽게 문을 열고, 안으로 들어갔다. 현관에서 가장 가까운 방안에서 들려오는 시우의 목소리. 조심조심 다가가 문고리를 잡았다.

"부탁드립니다. 하느님, 부탁드립니다. 제발 살려주세요. 아직은 죽고싶지 않아요."

"지금까지 무서운 것 하나 없이 살아왔는데 요즘은 하루가 너무 무서워요. 소중한 사람들을 두고 간다는 게 너무 무섭고, 싫어요. 제발 살려주세요. 엄마, 아버지, 하느님!! 나 좀 살려주세요. 제발 나 좀 살려주세요. 누가 나 좀 살려주세요."

목소리가 떨리며, 애원한다. 숨을 가쁘게 내쉬는 소리가 너무도 애처롭게 들려온다.

항상 강한 모습만을 보여줬던 시우는… 아무도 몰래 혼자 아픔을 토해내고 있었다.

당장이라도 달려들어가 시우를 안아주고 싶다. 나쁜 생각이 모두 달아날 때까지 그냥 말없이 안아주고 싶다. 하지만 조용히 문고리에서 손을 뗐다. 난, 문을 열 수 없었다.

온몸에 있는 힘이 모두 빠져나가는 느낌이다. 스르르 주저앉아 손으로 입을 막은 채, 소리 없이 울었다.

방안에서 들려오는 시우의 목소리가 들리지 않을 때쯤 난, 자리에서 일어났다. 그리고 아무것도 못들은 사람처럼 시우를 크게 불렀다.

"시우야, 이시우!! 집에 있니?"

눈물 흘린 흔적이 남아있을 테지만 무작정 시우를 불렀다. 그리고, 천천히 방문을 열며 나오는 시우.

눈이 빨갛게 충혈 되어 있었다.

다시 쏟아져 흐를 것 같은 눈물을 겨우겨우 참아보며 말을 이었다.

"거기 있었어? 난, 또 거실에 없어서 없는 줄 알았어."

"언제 왔어?"

"어? 바, 방금."

"……."

"뭐하고 있었어? 잔 거야?"

"그래."

"그래서 내 목소리 못들은 거구나."

"웬일이야?"

"어? 그, 그냥… 얼굴 좀 볼까해서 왔지, 뭐…."

"……."

말을 먼저 끊은 채 다시 방안으로 들어간다. 지금에서야 느낀 거지만 축 늘어진 어깨, 많이 야윈 모습.

"시우야, 너 밥은 제때 잘 먹고 있는 거야?"

"… 그래."

"말로만 그런 게 아니라 정말이지?"

"응, 잘 챙겨 먹고있어."

거짓말….

"난, 괜찮으니까 넌 하나도 걱정하지 않아도 돼."

"……."

"그냥 늘 웃기만 하면 돼. 늘… 밝은 모습으로."

"……."

"수연아, 재환이 좀 불러 줘."

"재환이…?"

"그래. 너는 다행히도 왔으니까 재환이 좀 불러 줘."

바로 재환이에게 전화를 걸었다. 1시간쯤 후 도착할 것 같다

는 재환이.

시우는 눈을 감은 채 입엔 편안한 미소를 짓고 있다.

"1시간 정도 걸릴 거래."

"… 그래."

"무슨… 할말이 있는 거야?"

"응, 빨리 와야 되는데…."

"……."

난 이때까지 시우의 말이 어떤 것을 의미하는 지 몰랐다. 아무

것도….

"수연아…."

부드러운 음성. 왠지 평소와는 다른 느낌….

"…응?"

"우리 모두 행복해지자."

"…응.

"그러니까…."

"……."

"내가 죽으면 넌 날 잊는 거야."

뭐?

"그러는 거야."

"……."

"그래야만 내가 행복할 것 같아."

"… 그러면 난 불행해."

"아니야."

"……."

"알았지? 수연아 내말…."

"싫어, 절대 싫어. 니가 왜 죽어!!"

"사람은 누구나 죽어."

"알아, 하지만 지금 네 말은 그 뜻이 아니잖아."

"약속하자."

새끼손가락을 내미는 시우.

"뭐야?"

"약속하자, 우리."

"무슨 약속을 해?"

"잊는다고… 그렇게 하겠다고 약속하자."

"안 한다니까!!"

"왜."

"니가 왜 죽냐고! 너 갑자기 왜 그래!!"

"약속하자."

"싫다니까!!!"

"신수연!!"

"난 정말 싫어. 시우야. 그런 말 하지마!!"

"약속하자고!!"

언성을 높이며 내 오른손을 자기 앞으로 잡아당기곤 내 새끼 손가락에 자신의 손가락을 걸다.

빼내려 했지만 다른 한 손으로 내 손을 감싼다. 그리고, 빼내지 못하게 손에 꽉 힘을 주며 말을 한다.

"넌 처음부터 내가 아니었던 거야."

"……."

"이시우는 너였지만 넌 내가 아니었던 거야."

"이 손놔!"

"그러니까 여기서 그만 하자."

"이 손 놓으라고!!"

"니 쪽에서 먼저 끊자. 그러자…."

"하, 너 진짜 왜 그래!"

안간힘을 쓰며 손을 빼내려 했지만 더욱 손에 힘을 준다.

"하느님, 잠시만 이 손놓겠습니다."

"……."

"잠시만 놓는 거예요. 나중에 다시 잡을 거예요. 그러니 다시 붙잡게 해주셔야 돼요."

눈을 지그시 감으며 말을 한다.

잠시동안 아무 말이 없는 시우. 그리고, 감은 눈을 천천히 뜨곤 나를 보며 생긋 웃는다.

"하느님께서 그렇게 해주신다고 약속하셨어."

"뭐?"

"지금 나하고 약속하셨다."

"… 거짓말 하지마."

"하하. 그러니까 우리 약속 지키는 거다. 너…."

"말도 안 되는 소리하지마!"

"넌 예전에 나하고 한 약속 잊었잖아. 그러니까 이번엔 지키는 거야…."

"…약속?"

"그래, 우리 약속!"

약속…? 무슨 소리야.

"약속이라니…?"

"넌, 절대 기억 못해."

"……."

"아무튼! 방금 우리가 새끼손가락 걸며 한 약속은 지키는 거야."

"무슨…."

"한 번 못 지켰으니까 이번에는 지키자."

"싫어. 이건 억지야. 억지라고… 이시우!"

"지키라고 있는 게 약속이다. 방금 약속했잖아, 우리."

내 손을 꽉 쥐는 시우. 시우의 손이 미세하게 떨려오는 게 느껴진다.

"이건 우리의 세 번째 약속이다."

"……."

"한번은 니 쪽에서 어겼고, 또 한번은 내가 어겼으니까 마지막 약속은 지키는 거야."

"…싫어."

"이번에도 또 어기면 약속이라는 건 의미가 없는 것이 돼."

"……."

"재환이 녀석은 뭐 하느라 이렇게 늦는 거냐. 더 이상 시간이 없는데."

고개를 들어 천장을 바라보며 깊은숨을 내쉬는 시우.

"내가 노래 불러줄까?"

"… 노래?"

"응."

"……."

불규칙하게 거친 숨을 내쉬며 천천히 입을 떼는 시우. 숨쉬는 것조차 힘이 들텐데 눈을 지그시 감은 채 편안한 얼굴로 부른다.

그대는 듣고 있나요? 마지막 내 거친 숨소리를
잠시 후 그 소리가 멈춰도 절대 후회하지 않아.

책을 읽는 것처럼 천천히 부른다. 입엔 옅은 미소를 띄운 채
천천히 부른다.

이렇게 눈을 감으면 내게는 그저 그만이지만
그대는 이제 어떡하나요? 이제 어떡할 건가요?

숨쉬는 게 버거운지 끊기는 가사. 바보야, 그게 무슨 노래
야…. 음은 전혀 맞지 않고 하나도 못 알아듣겠다.

우리의 지난 기억들과 함께 했던 시간 모두가 사라져가요.
그대여 나 지금 이 순간 할말이 있어요. 사랑한다고….

점점 더 숨이 가빠져오고, 숨을 고르는 시우. 입술을 떼는 것
이 늦어지며, 천천히 조금 더 천천히 노래를 부른다.
오래달리기를 한 사람처럼 가쁜 숨을 몰아 내쉰다.
"됐어, 시우야. 이제 그만 불러…."
"… 하… 아."
"괘, 괜찮아?"
"나… 노래 잘하지…?"

"……."

"왜 대답이 없어?"

"뭐가 잘해…! 음 하나도 모르겠던데….."

"하하. 그래? 오래… 연습한 건데….."

"……."

자꾸 눈물이 난다.

눈물샘이 마를 정도의 많은 눈물을 흘렸는데도 아직 남아있나
보다.

참으려고 고개를 뒤로 젖혀봐도 흘러내리는 눈물은 좀처럼 멈
추질 않는다.

이러면 안 되는데… 자꾸 눈물이 난다.

"수연아…."

"응…?"

"반지… 가져간다."

"… 어?"

천천히 자신의 왼손을 내 손위에 올려놓는다. 약지에 끼워져
있는 반지.

"이거 가져간다."

"……."

"그동안 끼지 못했지만… 늦었지만 이제 꼈다."

"……."

왈칵 쏟아져 내리는 눈물.

"그리고⋯."

"응?"

"약속 지키는 거다."

"⋯⋯."

"이번엔 지키는 거다."

내 손을 꽉 쥐는 시우. 그리고 천천히 호흡을 가다듬으며 뭔가 결심한 듯한 표정을 짓는다.

"간다."

옅은 미소와 함께 천천히 눈을 감는 시우.

한순간에 불규칙하고 가쁜 숨이 끊겼다.

방금 부르던 노래의 가사처럼 힘겨웠던 거친 숨소리가 한순간에⋯ 단 한순간에 멈춰버렸다.

193

시우의 손을 감싸는 내 손이 떨리며 조여오듯 미치도록 아픈 가슴에 손을 꽉 쥐어본다.

쉴새없이, 하염없이 흘러내리는 눈물⋯.

이건 아니야. 아니잖아. 시우야. 이렇게 쉽게 죽는 게 아니잖아. 절대 이런 게 아니잖아.

너, 죽으면 안되잖아. 이렇게 나 남겨놓고 죽으면 안 되는 거잖아.

하느님. 이건 아니에요. 이러시면 안되잖아요. 이렇게 갑자기 데려가시면 안되잖아요.

이런 게 어디 있어요. 나, 아직 할말이 너무도 많은데⋯ 우리

작별인사도 못했는데 이렇게 데려가시면 안되잖아요. 이런 게 어디 있냐구요!!

"아, 안 돼…. 안 돼!! 시우야!!"

온몸에 힘이 모두 빠져나가 버렸는지 축 늘어진 채로 절규하듯이 목놓아 울었다. 하염없이 쏟아져 나오는 눈물이 내 앞에 있는 시우의 얼굴을 가려버린다.

안 돼, 시우야! 아직 이별은 싫어. 시우야. 안 돼!!!

아직은 안 돼. 이렇게 헤어지면 이제는 못 보는데… 헤어지는 건 죽기보다 더 싫은 건데….

싫어, 죽는 건 싫어…. 안 돼….

방금 전까지 노래 불러줬잖아. 미소도 지어 보였잖아. 내 손… 꼭 잡아 줬잖아. 그런데 이런 게 어디 있어!! 이렇게 갑자기 가버리면 어떡해!!!!

"제발 눈 좀 떠봐. 제발 일어나 봐. 제발 시우야!!! 안 돼. 아직 안 된단 말야!! 제발 일어나. 시우야!!! 제발…."

옷자락을 잡은 채 사정없이 흔들며 시우를 불러본다. 미친 듯이 크게 소리를 지른다. 이렇게라도 하면 혹시나 내 목소리가 들려 깨어 날까봐… 내 얘기를 들어주기 위해 잠시나마 귀를 열어줄까봐 더 크게, 더 크게 질러본다.

"시우야!!"

그대는 듣고 있나요? 마지막 내 거친 숨소리를

잠시 후 그 소리가 멈춰도 절대 후회하지 않아.

이렇게 눈을 감으면 내게는 그저 그만이지만

그대는 이제 어떡하나요..? 이제 어떡할 건가요?

우리의 지난 기억들과 함께 했던 시간 모두가 사라져가요.

그대여 나 지금 이 순간 할말이 있어요.

사랑한다고…

그대는 듣고 있나요?

마지막 내 숨소리를.

- M. C The Max의 마지막 내 숨소리 -

★63★

누군가 이별은 한순간이라고 했다.

사랑은 불처럼 뜨거운 것이지만, 그 불을 한순간에 꺼버리는 것은 이별이라고 했다.

"신수연!!"

누군가 날 부르는 소리에 정신을 차려보니 난 병실 침대에 누워있었다.

"신수연!! 야, 야! 괜찮아? 나 보여?"

내 눈앞에 있는 사람은 재환이.

"시우는….."

"시우…."

"하, 맞다. 시우 여기 없는데….."

"……"

"미안, 재환아. 나… 다시 눈 좀 붙일게."

"… 그래."

다시 눈을 감았다.

이제 시우는 눈을 뜨면 볼 수 없는 사람이니까… 꿈속에서라도 만나려고 잠을 청했다.

내가 다시 깨어난 건 정확히 하루하고 11시간이 지난 후였다.

196

내 옆에 있는 사람은 나비.

"어? 일어났어?"

웃으며 얘기하는 나비.

"……"

"머리 안 아프냐? 너 꽤 오래 잤는데."

"아니, 괜찮아….."

"배고프지? 병원 밥 맛 없잖아. 그래서 내가 죽 만들어 왔다. 뭐 사실, 내가 만든 건 아니지만…. 히히~."

"……"

"전복죽 싸왔어. 비싼 전복 팍팍 넣었으니까 남기지 말고 다 먹어! 알았지?"

생글생글 웃는 목소리로 가방 지퍼를 여는 나비. 예전과 똑같은 나비.

"저기, 나비야…."

"응?"

"혹시 내가 꿈을 꾼 거야?"

"… 무슨 꿈?"

"… 시우 죽는 거 말야…."

"……."

"내가 꿈 꾼 거야?"

"아니, 현실이야."

"… 그럼."

"뭐가?"

다시 웃으며 말한다.

뭐야, 어떻게 그런 표정을 지을 수 있는 거지?

"시우… 죽었어, 나비야."

"알아."

"알아?"

"그래. 알아."

"근데, 어떻게 그런 밝은 표정을 지을 수가 있는 거야?"

"뭐가?"

"시우 죽었다니까!!"

"그럴수록 밝은 모습 보여줘야지. 시우에게…."

달-칵!!★☆

문이 열리며, 무언가를 잔뜩 사들고 들어오는 재환이.

"어? 언제 깨어난 거야?"

"… 방금."

"대충 뭐 먹을 것 좀 사왔어."

"……."

"신수연, 너 며칠째 아무것도 못 먹었잖아."

난, 나비가 가져온 전복죽 먹었다.

서로 아무런 말이 없는 우리.

재환이와 나비도 겉으로는 웃어도 사실은 속마음은 그렇지 않
다는 걸 난 알 수 있다.

밥을 다 먹고, 재환이가 조심스럽게 건넨 편지 하나.

"…뭐야, 이게?"

"이시우 편지."

받아들고는 한참을 멍하니 바라만 봤다. 벌써부터 눈물이 앞
을 가린다.

울면 안 되는데. 울지 않을 거라 다짐했는데… 흘러내리는 눈
물은 좀처럼 멈추질 않는다.

"눈물 닦아. 신수연!"

"……."

"울지마. 나도, 나비도 참고 있으니까… 그러니까 울지마."

"응…."

흘러내리는 눈물을 닦고, 조심스럽게 편지를 펼쳤다.

처음 보는 시우의 글씨.

「To 수연이에게.

먼저, 눈물 닦고!!
하하. 요즘 나 때문에 너, 너무 많이 우네? 정말 미안하다.
그리고, 그동안 말못한 것, 잘해주지 못한 것 미안하고, 오해
한 것도, 마음 아프게 한 것도 미안하다. 또, 오래도록 옆에 있어
주지 못한 것도 미안하다.
늘 옆에서 지켜주기로 했는데, 약속 못 지키겠네?
그렇다고 이시우 나쁘다고 하늘에 침 뱉으면 안 돼! 하느님이
혼내 킨다.

눈 감을 때 너 봐야되는데 못 볼 것 같은 느낌이 든다.
늘 보고싶을 거야. 늘 생각날 거고, 늘 그리울 거야.
지금도 너무 보고싶다.
손에 힘이 없어. 수전증인가? 하하. 쓰는 동안 손이 계속 떨린
다. 그럼….

Ps. 좋은 일, 행복한 일. 모두 경험하고, 후에 나 보고싶을 때
이곳으로 와. 힘들다고 오지말고, 너무 일찍도 안 돼.
100살까지 오래오래 행복한 후에 천천히 이곳으로 와라.
그때 네 머리 빨간 머리가 아니라 흰머리일텐데 알아보기 조

금 힘들지도 모르겠다.

　그래도 우리가 늘 믿는 운명은 강하니까⋯ 절대 약하지 않으니까 한번에 알 수 있으리라 믿는다.

　그러니까 넌 아무 걱정말고, 그때도 환하게 웃으면서 오기만 하면 돼. 아, 그리고 반지⋯ 우리 커플링. 그거 갖고 와라. 난 가져가니까⋯. 우리 반지. 네 결혼반지 말고! 알지?

　그럼, 기다릴게. 늦게 와도 변함 없이 기다릴 테니 나중에 보자.」

　한참동안 내 두 눈은 편지에서 떨어지지 않았다.

　파르르 떨리는 손. 참기 힘들 정도로 하염없이 흘러내리는 눈물. 좀처럼 진정되지 않는 내 마음⋯.

　"수연아⋯."

　쉴새없이 눈에서 쏟아져 흘러내리는 눈물.

　"하, 미치겠네. 좀처럼 멈춰지지가 않아."

　"⋯⋯."

　"나, 어떡하지? 울면 안 되는데 여기⋯ 가슴이 너무 아파. 재환아."

　"⋯⋯."

　"시우, 살고싶어했는데 누구보다 간절히 바랬는데⋯. 너무 아팠는데⋯."

　"⋯⋯."

200

"아무도 몰래 그 고통을, 그 마음을 남몰래 삭였는데…."

참으려, 참으려고 해도 허락 없이 흘러내리는 눈물.

"어떡하지? 어떡해. 너무 보고싶어."

"……."

"미안, 재환아. 나 눈물이 멈추질 않아…."

"……."

"어디 있어. 시우?"

"……."

"어디 있어… 시우!!!"

"흩어져 있어."

나지막한 목소리.

"흩어져 있다니…?"

"이곳저곳에 흩어져 있어."

"……."

"어떤 사람의 눈에도 있고, 몸 속 안에도 있고 여기저기 흩어
져 있어."

"……."

"장기… 기증했어."

…기증?

"이시우의 일부분은 지금도 우리와 같이 생활하고 있는 거
야."

"……."

"똑같이 보고있기도 하고….."

"……."

"같이 숨쉬지만 않는 것 뿐이야."

"……."

■부탁■

"재환아, 부탁할게 있다."

"무슨 부탁?"

"너도 알다시피….."

"……."

"나, 죽는다. 그러니까….."

"내가 미친소리하지 말라고 했지!!"

떨리는 목소리로 시우를 향해 외쳤다. 금방이라도 눈물이 떨어질 것처럼 눈동자가 떨린다.

"그딴 소리 좀 하지 말라고!! 이시우!!!"

"현실은 받아들이라고 있는 거다. 김재환."

"이게 무슨 현실이야! 네 멋대로 네 목숨 포기하는 이런 게 무슨 현실이냐고!!"

"……."

"목숨은 조건이 좋지 않다고, 니가 힘들고 남이 힘들까봐 포기할 만큼밖에 되는 가치가 아니야."

202

"……."

"넌, 세상을 반도 살지 못했는데 가버린다는 게 아쉽지도 않냐?"

"아쉬워."

"그럼 그따위 생각하지 말고 어떻게든 살 방법을 궁리해봐야 될 거 아냐!"

"없잖아. 그런 건…."

절망적인 표정으로 절대 내뱉고 싶지 않았던 말을 힘겹게 뱉는다. 스스로에게 다시 한번 확인시키고 싶지 않았던 말.

"젠장하게도 지금은 아무런 방법이 없잖아."

"있잖아, 이식."

"돈도 없고, 지금 내 상태론 수술해봤자 높은 확률도 아니다. 무엇보다 그 후가 가장 문제이고…."

"넌 지금까지 잘 버텼잖아! 그딴 낮은 확률은 아무것도 아니야."

"잘 버티기는… 지금도 죽을 것 같은걸 참고, 또 참고 있는 건데…."

"……."

"밤에 잘 때는 눕지도 못한다. 너… 앉아서 자봤냐?"

"……."

"그거, 엄청 힘들다. 제대로 한번 자본 적이 없어. 그리고, 약도 더 이상은 못 먹겠고, 난 이렇게 앉아있는 것만으로도 힘이 든다. 이시우 예전에는 100m 12초에 끊었는데… 지금은 10m 기록이 그쯤 되려나?"

벽에 기대어 창 밖을 보며 말한다. 지푸라기 하나라도 잡아보려는 재환이와 달리 시우는 생각은 전혀 달랐다.

"……."

"재환아."

"응?"

"지금부터 내가 하는 말 막지 말고 들어라."

"이상한 소리만 아니면."

"하하. 그런 거 아니다."

"……."

"아무것도 못해보고 이렇게 죽는 건 너무 억울하지만 이게 내 운명이라고 생각한다."

"……."

"사람은 누구나 죽으니까 그냥 내가 조금 빨리 가는구나 하고 생각하면 돼."

"……."

"근데, 이시우 마음만 갈 테니까 내 몸의 일부는 이곳에 기증해 줘라."

"… 뭐?"

놀란 듯이 재환이의 눈이 커지며 시우에게 다시 묻는다.

"니가 대신 말해."

"지금 무슨 얘기를 하는 거야? 이시우!"

"내 심장과 마음만 하늘에 가져갈 테니까 나머지 장기는 놓고 가겠다고."

"……."

"나 죽으면 그렇게 해라."

"이… 시우…."

"하하! 나, 멋지냐?"

"……."

"야, 야. 그렇게 빤히 보지 마라. 내 몸 뚫리겠다."

이건 시우가 예전부터 늘 생각해오던 거였다. 죽을 땐 꼭 하려 던 것이었다.

지금은 조금 이르기는 하지만….

"그럼, 부탁한다. 재환아."

★64★

병원에서 푹 쉬고 오랫동안 가지 않은 학교로 향했다.

+교실 앞.

뻘쭘하게 서서 이것도 저것도 못하고 있는 나.

"뭐하냐? 안 들어가고?"

내 어깨를 툭툭 치며 말한다.

"아, 아니. 그냥 좀….."

"오랜만에 와서 적응이 안되냐?"

"하하. 그냥… 뭐…."

"들어가자."

내 어깨를 감싸며 함께 들어간다.

문을 열자마자 몇몇 되지 않는 반 아이들의 시선이 나에게로 꽂혔다. 나는 신경을 쓰지 않은 채 자리에 가서 앉았다.

"… 연!!"

"……."

"신수연!!!

화들짝!

"어, 어?"

"……."

"왜? 불렀으면 말을 해야할 거 아냐!"

"그… 있잖아. 이시우…."

"……."

"재환이한테 얘기 들었다."

"그래?"

"… 괜찮아?"

"히히! 그럼."

난 억지웃음을 지어 보였다. 사실 웃음 같은 건 나오지도 않

아. 나오는 건 눈물뿐이라고….

"눈물 떨어지겠다, 신수연."

"……."

"울고싶으면 울어."

안 돼. 수연아, 참아! 눈 한번 깜박이지 않고 참고있었다.

뚝!

기어코 떨어지는 눈물.

"하… 뭐야."

쓰윽_닦아봤지만 빌어먹을 눈물은 쉬지 않고 흘러내린다. 그리고 말없이 손수건을 내미는 텐리.

"……?"

"닦아. 이걸로."

"너 손수건도 갖고 다녔어?"

"……."

"히히! 의외네~."

"웃지마!"

"히히. 웃을 거야. 히히히─"

"그만해. 너 지금 웃고싶지 않잖아."

"……."

"감정이란 거 마음대로 안 되는 거니까."

"……."

"너 운다고 욕할 사람 하나 없으니까 울어."

"응. ^-^"

"또 웃는 거냐?"

고마워. 텐리야! 네 말 하나에 멈추지 않을 것 같던 눈물이 어느새 멈춰버렸어. 그런데, 그런데 말야. 자꾸만 나올 것 같아. 그래도 조금만 더 참아봐야지. 이렇게 참는 법을 배워야지.

■또 다른 부탁■

앉아있는 것조차 힘겨울 정도로 많이 약해진 시우. 하지만 절대 겉으로는 내색하지 않으며, 시우가 간 곳은 수연의 학교였다.

담에 기대어 주저앉고는 누군가를 기다렸다.

시간이 흐르고, 하나둘씩 나오는 아이들. 그리고, 빠르게 시우 앞을 지나가며 작게 한마디 하는 녀석.

"신수연, 오늘 담임 때문에 좀 늦게 나올 거야."

시우가 기다리던 녀석.

혹시라도 기억하지 못하면 어떡할까 생각했지만 저 녀석은 시우를 잊지 않았다.

천천히 자리에서 일어나 그 아이에게로 다가간다. 굉장히 걸음이 빠른 녀석. 가쁜 숨을 가다듬고 녀석을 부른다.

"기생!!!"

약간 황당하다 생각하겠지만 수연이는 시우에게 녀석의 본명을 알려주지 않았었기에 시우는 당연히 녀석의 이름을 몰랐다.

"뭐?"

약간 날카로운 말투로 뒤를 돌아보는 텐리. 그리고 굉장히 놀라는 눈치였다.

"아, 미안. 이름을 몰라서…."

"……."

"시간 좀 잠깐 내줄 수 있어?"

시우를 한번 뚫어져라 보고는 고개를 끄덕인다.

+커피숍.

시우와 텐리는 남자 둘이 커피숍에 오는 건 처음인지라 서로 뻘쭘하게 앉아있다. 분위기가 어색했는지 담배를 하나 꺼내어 입에 물며 먼저 말을 한다.

"무슨… 일 때문에?"

"부탁할 게 있어서."

"… 부탁?"

"그래, 이거…."

텐리에게 손수건 하나를 내민다. 다시 한번 놀란 듯 손수건과 시우를 번갈아 쳐다본다.

"뭐야, 이게?"

"너 수연이 짝이라며…."

"……."

"그럼 그 녀석 옆에 거의 항상 있는 사람이 너잖아."

"무슨 소리야?"

"그 녀석 요즘에 너무 많이 운다. 지금은 내가 옆에 있으니까 괜찮지만 분명 내가 없어지면 더 많이 울 거다. 그러니까 그때 니가 옆에서 도와줬으면 한다."

"……."

"부탁할게."

겉으로는 희미하게 미소를 지어 보였지만 쓸쓸한 마음은 가슴 한구석에 여전히 자리잡고 있었다.

손수건을 받아들고는 무언가 한참을 고민하는 텐리. 그리고,

결심한 듯 다시 시우를 보며 말한다.

"그래, 알았어."

"고맙다."

"……."

"아, 그리고. 그 녀석 너무 자주 구박하지말고 무리한 부탁이란 거 알지만 옆에 자주 있어줬으면 좋겠다."

"… 그래."

"그럼, 부탁한다."

자리에서 일어나 뒤돌아 커피숍 밖으로 나간다.

밖으로 나와 시우는 가쁘게 숨을 내쉬었다. 텐리가 피우는 담배연기에 숨이 끊어질 정도로 호흡이 곤란한 걸 참았었기에 밖으로 나와 한번에 숨을 토해냈다.

집으로 가는 내내 시우는 씁쓸한 마음을 떨쳐낼 수 없었다.

텐리에게 건네 준 손수건은 자신의 것이었는데… 슬퍼하는 수연이의 눈물을 닦아주는 건 이제 자신의 몫이 아니라고 생각하니 씁쓸한 마음뿐.

아무것도 해줄 수 없는 게 안타까울 뿐이다.

★65★

+그날 저녁.

난 개천가에 위치한 포장마차로 갔다.

"여기 소주 한 병이요~."

안주 하나 없이 계속 한잔씩 비워나갔다. 고작 소주 2잔이 내 주량이었는데 난 벌써 5잔을 비워버렸다.

물론 취한 상태에서 계속 부어대는 거지 맨 정신에는 무리지만 말이다.

시간이 흐른다.

"히히! 이히히-!"

허파에 바람이 든 사람처럼 웃어대기 시작했다.

내 옆에 앉았던 여자가 한자리 옆으로 옮길 정도였으니 정말 미쳐 보이긴 했나보다. 주위를 둘러보니 모두 커플이었다. 나만 청승맞게 혼자였다.

시우가 보고싶다.

핸드폰 플립을 열어 '0' 번을 길-게 눌렀다.

[지금 거신 번호는 없는 번호입니다. 확인 후 다시 걸어주시기 바랍니다.]

"에? 뭐야, 잘못 눌렀나?"

다시 한번 '0' 번을 길게 눌렀지만 귀에 들리는 목소리는 시우 목소리가 아니었다.

'사랑합니다' 컬러링도 '이시우 입니다' 라는 목소리도 늘 한결같았는데 모두 사라져 버렸다.

"하, 미치겠네…."

212

고개를 숙이자마자 눈물이 흘러내린다. 손으로 얼굴을 감싸고 소리 없이 울었다.

절대 울지 않으려고 했는데,… 계속 참았는데 빌어먹을 눈물이 자꾸만 흐른다.

주위 사람들이 모두 나를 쳐다본다. 안쓰럽다는 듯 동정 어린 눈빛으로 쳐다보는 사람들.

아줌마 앞에 만 원짜리 한 장을 놓고 흘러내리는 눈물을 닦으며 밖으로 나왔다.

"아가씨! 거스름돈!!"

"……."

비틀비틀_거리며 집에 도착했다.

"어휴, 이게 무슨 냄새야!"

"히히."

"너, 술 마셨니?"

"응. 한 병이나 마셨어. 히히-"

"뭐? 신수연!! 너 아직 학생이야!"

"… 알아."

"알아? 알면서 이러는 거야? 너, 미쳤어? 왜 자꾸 그래!"

"히히. 어, 나 미쳤나봐. 엄마 딸 미쳤….

쫘-------악!###

"엄마 실망시키지마!"

"……."

"그만해. 신수연!!"

방으로 들어가시는 엄마.

미안, 엄마…. 죄송해요. 엄마 딸 너무 바보 같아. 그죠? 근데 아직은 못 잊겠어.

너무도 소중했던 첫사랑이라 잊기가 어렵나봐요. 미안해요, 엄마….

수연이 빨리 털어 버리고 일어날게…. 그러니까 그냥 한발자 국 뒤에서 지켜봐 주세요.

실망시키지 않을게. 그럴 게요.

+약간의 시간이 흘렀다.

난 눈물을 참는 법을 배웠다.

이런 일이 수일간 반복되다보니 텐리는 조금씩 나에게 말을 걸어오는 횟수를 줄였다. 하지만 옥영이는 달랐다.

"신수연! 대체 언제까지 그렇게 멍하게 있을 거야!"

"……."

"제발 정신 좀 차려! 미련하게 이게 뭐 하는 거야!"

"……."

"지금 이런 모습 하나도 너답지 않고 안 어울려!"

"……."

"잊기로 약속했다며. 이시우하고 그렇게 약속했다며!!"

"그래."

"그럼 약속을 지켜야지! 바보같이 왜 이러고 있냐고!"

"… 잊는 중이야."

그래, 잊는 중이야. 어떻게 잊어야 할지를 몰라서 그냥 시간이 흐르면 잊혀지겠구나 하며 기다리고 있는 중이야.

"무작정 시간이 흐르기만을 기다리는 거라면 다른 방법을 찾아!"

"……."

"그렇게 하면 영원히 잊지 못해. 그럼 약속 못 지키잖아!!"

"모르겠어…."

"… 뭐?"

"어떻게 잊어야 할지 모르겠어. 매일매일 생각나는 사람을 어떻게 잊어야 할지 모르겠어."

"……."

"난, 전혀 모르겠어. 옥영아…"

정말 모르겠어. 어떻게 잊어야 할지 난 모르겠어. 자꾸만 생각이 나고, 여기 내 가슴이 너무 아파.

매일같이 마음속으로 울고만 있어. 늘 시우를 만날 수 있는 꿈속을 그리워하면서 하루 하루를 보내고, 어느 땐 미칠 듯이 생각나서 머리가 너무 아프기도 해.

마음 깊숙이 한곳에 잊고싶지 않은 내 마음이 남아 있는 것 같아. 힘들어 죽겠는데 그런 게 남아있어서 쉽게 잊혀지지 않아.

"이시우 몇 십 년 사랑한 것도 아니잖아."

"그래."

"넌 아직 10대고 이게 사랑이 아닌걸 수도 있잖아."

"……."

"그러니까 잊을 수 있어. 마음만…"

"아니야, 옥영아."

"뭐?"

"니 말대로 나 아직 사랑이란 단어가 어색한 10대야. 그리고, 시우 알게된 건 1년 반밖에 안됐어. 하지만 사랑이란 건 나이도, 기간도 아무 상관이 없더라?"

"……."

"다른 사람은 어떨지 모르겠지만 난 그렇더라?"

아무 말 없이 고개를 숙이고 있는 옥영이.

215

"난, 이렇게 아무것도 못하는 고장난 로봇이 되어버렸어. 누가 태엽을 감아줘야 돼. 그래야만 돼…. 한순간에 난 그렇게까지 망가져 버렸어."

시우 넌 나에게 이렇게까지 큰 존재였나 봐. 잊기로 약속했는데 잘 잊혀지지가 않네?

"아니야, 신수연!!!"

큰 소리로 다그치는 듯이 말하는 옥영이.

"넌 한가지 착각을 하고있는 거야!!"

"… 뭐?"

"모든 건 변함 없이 움직이고 있어."

"……."

"이시우가 없어도 시간이 흐르고 낮과 밤은 바뀌고 모든 게 변함 없이 움직이고 있어."

"……."

"너만 멈춰있는 거야."

"……."

"태엽은 이미 감겨져 있어."

"……."

"앞으로 한 발자국만 디디면 되는 거야."

"……."

"그럼 잊을 수 있어.

"……."

+다음 날.

학교가 끝나고 난 초저녁부터 카XX로 향했다. 술 못하는 난 하루가 멀다하고 매일같이 술을 마시러간다. 하루 하루를 술에 의지하며 살아가고 있는 나다.

늘 다짐했던 게 있었다. '학생이면 학생답게!'

범생이처럼 매일같이 공부를 하진 않았지만 술, 담배는 안 했었는데….

"이시우 니가 없어지고 나서 나 완전 불량 청소년된다. 그치?"

대답해주는 사람도 없는데 혼자 중얼거린다.

+카오X 도착.

구석에 자리를 잡고 혼자 처량하게 마시고 있었다. 아무리 술이 늘었다고 하지만 술은 술이다. 쓰고, 독하고, 나하고는 맞지 않지만 그래도 마신다. 무작정 취하기 위해….

"신수연!"

누군가 내 어깨를 툭 치며 부른다.

뒤를 돌아봤다. 텐리였다.

"어? 텐리…."

"뭐하냐?"

"하하! 보면 몰라? 술 마시고 있다."

"혼자 마시는 거냐?"

"응."

"청승맞게 뭐 하는 거야. 술도 못 마시는 게."

"히히-이제 내가 술 못 마시는 거 인정하는 거야?"

"그래."

"쟤 저번에 봤던 애 맞지? 신현빈…."

약간 거리가 떨어진 곳에서 신현빈이 이쪽을 뚫어져라 보고 있었다. 좋지 않은 표정으로….

"응, 왜?"

"쟤 아까부터 화난 표정으로 여기 바라보고 있어."

"그래?"

"같이 온 거 맞지? 빨리 가라~. 너 계속 여기 있다가 나 한 대 맞겠다. 크크-"

"……."

"가라니까~ 쟤 표정 안 좋다! 안 좋아."

"그래."

218

기생 놈은 신현빈이 있는 곳으로 저벅저벅_걸어갔다. 그리고
난 마시지도 못하는 술을 쉴새없이 입에 들이부어대고 있었다.
　　예전에 아는 언니가 그랬었다.
　　생각을 떨쳐버리기 위해서는 술을 마시고 취하는 게 최고라
고.
　　잠을 자면 꿈속에서 나타날 수 있지만 술 취한 상태에서는 그
날 하루만큼은 떨쳐버릴 수 있다고….
　　단 하루만이라도 잊고싶었다.
　　시간이 흐르고 한 병 반 정도를 비웠다. 자리에서 일어나 카운
터 쪽으로 갔다.
　　비틀비틀_사람들이 모두 쌍둥이로 보인다.

　　"신수연! 똑바로 걸어!!"
　　기생 놈이 갑자기 소릴 질렀다. 깜짝 놀랬다. 하지만 아랑곳하
지 않고 다시 걸었다.
　　"똑바로 걸으라고 신수연!!"
　　다시 한번 소리지르는 기생.
　　"크크-괜찮아, 괜찮아. 신경 쓰지마~."
　　똑바로 걸으려고 해도 맘대로 잘 되지 않는다.
　　여전히 기생은 날 노려보고 있었고, 신현빈은 옆에서 기생에
게 계속 무슨 얘기를 하는 것 같았다.
　　"야, 신수연!!! 뒤에 의자!"
　　우당탕탕!!☆★☆★

"아이고~ 여기 의자가 있었네~."

"야, 야! 옆에!!!!"

놈의 말이 떨어지기가 무섭게 이번엔 테이블과 정면 충돌해 버렸다.

"아이고, 아파 죽겠네…. 히히–"

"신수연!!"

"하스미야!!"

동시에 외치는 텐리와 신현빈.

"신… 현빈."

"지금 뭐 하자는 거야! 사람 앞에 두고 쟤가 그렇게 걱정되면 가서 부추기던가!!"

무슨 얘기를 하는 듯이 보였지만 나에겐 들리지 않았다.

"그래, 미안하다. 연락할게, 현빈아."

"뭐, 뭐?"

"야! 신수연!!"

"하스미야!!!"

에? 갑자기 나에게로 달려오는 기생. 그리고 주목으로 내 머릴 세게 쥐어박는다.

"아얏, 뭐야. 왜 때려!"

"조심하라고! 이 곰팅아!"

"내가 조심하던 말던 뭔 상관이야!"

"한 대 더 맞아야지? 그래야 정신 차리지?"

"돼, 됐어."

+카XX를 나와 집으로 가는 길.

기생놈은 _비틀비틀_거리는 날 부추기며 걷고있다.
"똑바로 좀 걸어."
"똑바로 걷고 있는 거야. 왜 시비래!"
"아무튼 돼지 같은게 가지가지 해요."
"뭐? 돼지? 아, 진짜! 야, 너 왜 따라나와서 사람 짜증나게 해!"
"그냥."
"신현빈 혼자 있잖아. 안가냐?"
"됐어."
"뭐?"
결국 우리 집 앞까지 바래다주고 돌아가는 기생 놈.
왜 그런 걸까? 크흑! 내가 그렇게 불쌍해 보였나?

+다음 날.

마시지 않던 술을 잔뜩 마셔서 그런지 등교하자마자 양호실로 갔다.
"어머! 너, 또 술 마셨니?"

저번에 내가 술 깨는 약 타러 온걸 잊지 않아 줬으면 한다.

"아, 아뇨. 오늘은 정말 아파서 왔어요. 선생님….."

"그래? 근데 술 냄새가 나는 것 같은데."

"아, 아니에요! 정말 아파서 온 거예요."

"흐음~ 그래?"

양호선생님의 눈치를 한-껏 받으며 양호실 침대에 누웠다. _뜨끈뜨끈_한 것이 잠이 잘-오게 생겼다!!

"어머머! 어디 아프니?"

"네."

"어디가?"

"머리가… 좀…. 누워 있다가가도 되죠?"

어디서 많이 듣던 목소리였다. 그 아이는 바로 옆 침대에 누웠다.

어째 기생인 듯.

"으음!" ⟨-괜한 헛기침으로 자기를 알리는 신수연.

"……."

"으흠흠!!" ⟨-반응이 없자 다시 알리는 수연.

"……."

"으흠흠흐~ 음!"

"시끄럽다. 신수연!"

기생이다. 헉! 나라는 걸 어떻게 알았지?

"미, 미안해 난 확인 좀 하려한 거였어."

222

"……."

"야, 미안하다니까~."

"시끄럽다고!"

"으, 응."

기생 놈의 외침에 잔뜩 쫄아 붙어 잠을 청했다.

뚜르르 뚜르르☎

양호실 전화벨이 울리고, 방금 전 나를 대할 때와 180˚ 다른 목소리로 전화를 받으시는 양호 선생님!!

그리고 작게 들려오는 놈의 목소리….

"자냐?"

"아니, 안자. 머리 아파서 잠 안 온다."

"그러기에 마시지도 못하는 술을 미련하게 잔뜩 마시냐!"

"……."

"아무튼! 곰이라니까!"

"왜 또 시비야—.,—"

"그냥."

양호실에서 마저 시비 거는 기생 놈. 얄미워 죽겠다!

"자냐?"

"……."

"신수연!"

"… 응?"

"너, 요즘 너무 힘들어 보여."

"……."

"힘 좀내! 너 원래 튼실한 거 빼면 시체잖아."

"뭐, 뭐여~ 아, 아니야!"

"말 좀 더듬지 말고."

오늘따라 맹렬하게 쳐들어와서 공격하시네?

"너 공격의 레벨이 높아졌다?"

"네가 너무 축-늘어져 있어서 한 단계 올렸다."

"크흑!!더 올라 갈 수 있단 말야?"

"헛소리 그만하시고! 그냥 주무셔."

"엉."

난 바로 샤라마우스 했다. 다시 한번 잠을 청했다.

그리고….

"고마워…."

텐리에게 들리지 않게 아주 작게 말했다. 속에서 우러나온 말이다. 진심이었다.

원래 이런 말은 상대방이 듣지 않는 게 가치가 훨~ 높다!

하지만 저 놈 대체 어떻게 들은 건지….

"방금 뭐라고 했냐?"

라고 물어본다.

하~ '고맙다' 라는 말을 어떻게 다시 하냐! 부끄럽게….

"뭐라고 했냐고!"

"아무 말도 안 했어."

"욕했지?"

"아, 아니야!"

"더듬는걸 보니 맞네~."

"아니라니까!"

분위기와는 거리가 멀어도 한참 먼--놈!!

"끝까지 말 안 하시겠다?"

"응."

"역시 욕했구만."

"아니라니까!!"

"뭐가 아니야!"

"이씨! 고맙다고 했다. 고맙다고!!"

얼굴이 화-악 달아올랐다. 난 가려지지도 않는 얼굴을 애써 가리며 천장만 바라봤다.

그리고 갑자기!!

휘_이익!★★ 왼쪽 커튼이 걷히면서 실실_쪼개고 있는 기생 놈의 면상이 눈에 들어왔다. 그러면서 쪽팔리게 했던 말 또 물어 본다.

"고맙다고?"

"그, 그래!"

"어떤 것이?"

"왜 자꾸 물어봐. 알면서! 아~ 쪽팔려 죽겠고만!"

"몰라서 묻는 거야."

모르긴…. 표정에서 확-! 티 난다. 애야.

저, 저! 즐거워하는 표정. 재수 털려!

"고. 맙. 다. 고! 신경 써주셔서 아~ 주 고맙다고! 됐냐?"

"뭘~."

씨-익 웃어 보이곤 다시 커텐을 치는 놈!

악악악!!★★ 재수 없어!!

★67★

+그 날 저녁.

226

난 또 개천가에 있는 포장마차로 갔다.

"어? 학생 왔어?"

기다렸다는 듯이 나를 맞이해 주시는 아줌마.

"안녕하세요, 소주 한 병! 알죠?"

자리를 잡고 한잔씩 마셔댔다. 반정도 남은 술….

"여기 잔 하나만 주세요."

자리도 많은데 내 옆에 누가 앉는다. 분명 이 사람도 내가 취하면 최대한 멀리 떨어지려 할거다. 하지만. 갑자기 내 소주병으로 나를 툭툭_치는 옆 사람.

그리고 말한다.

"따라."

쒸바!! 이 자식 지금 나를 '나가요~' 언니로 착각하는 거야, 뭐야!!

난 고개를 홱_돌려 놈에게 한마디하려고 했지만 아무 말도 할 수 없었다. 내 옆 사람은 기생 놈이었기에….

"뭐야, 너!"

"텐리다."

"그걸 묻는 게 아니잖아."

"청승맞게 여기서 뭐 하는 거냐!"

"알코올 섭취 중이시다."

"가지가지 한다."

왜 또 시비야.

"또 혼자 마시는 거냐?"

"그렇다."

"아~ 주 청승의 절정이구먼!"

"너야말로 혼자 아니냐?"

"그래."

"그럼 너야말로 왜 혼자 왔냐?"

"……."

"말하기 싫음 말고…."

서로 말없이 술을 비워나갔다.

시간이 점점 흐르고, 내 몸 속으로 쐬주 한 병이 들어왔을 쯤 난 수다쟁이가 되어버렸다.

한 마디로 취했다.

"기생! 신현빈은 어디다 냅두고 오셨냐?"

"… 뭐?"

"분신처럼 늘 같이 댕겼잖아~."

"분신? 하하!"

"난 이제 같이 다닐 사람도 없는데."

"……."

"에씨! 짜증나네."

이제 나만 외톨이가 되는 건가? 왠지 슬프네….

"벌써 12시다. 슬슬 집에 들어가자고!"

"너 먼저 들어가. 난 더 있다가 들어갈 테니까."

"뭐?"

"먼저 가라고!"

"그만하고 일어나."

"먼저 가라니까!"

"그만 하라니까!!"

깜짝 놀랐다.

"뭐, 뭐야!"

"너! 너무 청승맞아 보여."

"지금 내 화 돋구려는 거야?"

"사실이잖아."

"됐어, 신경 쓰지마!"

"나도 안 쓰고싶다."

"쓰지마!"

"그래도 신경이 쓰이는 걸 어떻게 하냐."

…뭐?

"솔직하게 동정심에서 인 듯하지만…."

"동정? 이게 진짜!"

"더 솔직히 말하자면…."

"너무 불쌍해 보여서 남자 구해주고 싶어? 크크–"

"그건 남자가 불쌍해서 안되고."

"이씨!!!"

"……."

229

"……?"

"…걱정된다, 니가."

뭐? 지금 뭐라고 한 거야?

"……."

"뭐? 방금 뭐라고 했어? 기생!"

"재방송은 안 해."

"잘못 들은 것 같아서 그래. 뭐라고 한 거야. 너!"

"……."

"야, 기생!! 텐리!!"

"……."

"야, 야! 말해봐!!!"

"걱정된다고 네가! 너! 신수연이 걱정된다고!!"

뭐야.

"나도 왜 이러는 건지 모르겠다."

"······."

"자꾸 네가 걱정되고, 내 눈이 널 쫓고있어."

"거짓말 하지마."

"나도 그랬으면 좋겠다."

"뭐, 뭐야!"

"하, 미치겠네."

큰손으로 작은 얼굴을 가리며 뒤돌아버리는 텐리. 귀가 빨개

졌다.

"텐··· 리야."

"······."

"너, 귀 빨개졌어."

"나 먼저 간다."

"저기, 텐리야! 진짜야? 방금 그 말?"

"아니야."

"거짓말!!"

"간다."

"야! 자, 잠깐! 텐리야! 야!!!"

뒤 한번 돌아보지 않고 빠른 속도로 걸어가는 텐리. 방금 전
그 말··· 진심인 거야?

한참을 그 자리에서 멍하니 서 있다가 발걸음을 옮겼다.

그 날 밤 난 잠을 설쳤다.

+다음 날.

여느 때와 같이 잠으로 나를 맞이하는 기생.

남은 어제 그 말 때문에 잠을 설쳤는데 아~ 정말 별 얘기 아니었나?

4교시가 끝난 후 점심시간이 되어서야 슬슬 일어나는 기생 놈.

"하~ 암. 지금 몇 시냐?"

눈에 눈곱낀 그대로 말을 하는 놈. 이 자식아!! 네 놈 속살 다 봤다!

"점심시간."

"벌써 그렇게 됐냐?"

"응! 근데 웬만하면 눈곱 좀 떼지 그러니?"

"팔 저려."

"눈곱은?"

"시끄러워."

더러워 죽겠네. 진짜!!

"눈 좀 풀지 그러냐?"

"매일 똑같은 말이냐!"

"원래 말은 똑같이 해야돼."

"됐어, 아무튼… 텐리야…."

"왜."

"있잖아…."

"……."

"그러니까 어제 한말 말이야."

"… 뭐?"

"왜~ 어제 저녁에 한말 있잖아."

"아~ 그거?"

아~ 주 태연하게 대답하는 놈. 뭐야!! 정말 나 혼자 쌩쑈 하면

232 서 오해했던 거야?

"……."

"그거 뭐?"

"아니, 됐어. 별 거 아냐."

"뭔데!"

"별거 아니라니까!"

"진심이었냐고?"

허--업!!

"아… 니야."

"제대로 말 안 하면 난 못 알아 듣는다."

"……."

"말해. 뭔데?"

"그거 맞아. 진심이었냐고."

"그래?"

"근데, 됐어. 네 마음 충분히 알았단다~."

"그거 맞아."

"뭐?"

"진심이었다고."

뭐, 뭐야!!

"기생! 너 나 좋아했어?"

"뭔 소리냐."

"언제부터? 그동안 마음을 숨겨 왔던 거니?"

쿵!!##

"뭐야! 왜 때려!"

"앞서가지 말고!"

"에?"

"내가 언제 좋아한다고 했냐!"

"……."

뭐야, 착각한 거 맞았네?

완전 착. 각. 년 됐네.

"신수연!"

"응?"

"될 수 있으면 빨리 잊어라."

"……."

"추억으로 남겨."

"신수연!"

"… 추억?"

"그래, 추억! 우리에겐 희망찬 내일, 찬란한 미래가 있잖아!"

저거 또 헛소리한다!

"어디서 많이 들어본 대사다?"

"눈에 힘이나 빼셔!"

"아하하−"

"너의 웃는 모습을 보는 건 정말 힘들지만…."

"뭔 소리야."

"우는 모습은 더 소름끼친다."

"이씨! 뭐야, 죽어볼텨?"

"됐고, 그러니까 내 말 잘 생각하라고! 붕아."

"……."

진지한 눈빛, 진지한 표정의 기생. 좀 안 어울렸다.−_−

"얼마나 많은 사람들이 널 걱정해주는지 생각해봐."

"……."

"이옥영도 재환이도 곱슬새끼도 있잖아."

"히히. 그래."

"하지만…."

"……."

"내가 첫 번째다."

234

"… 어?"

"내가 첫 번째라고."

"… 응!"

"그리고."

시선을 다른 데로 돌리는 텐리.

"기대."

"… 응?"

"잊을 때까지 너 기댈 곳 없으니까 나한테 기대라고."

"……."

"혼자 잊는 게 힘들다는 것쯤은 나도 아는 거니까. 지금 네 옆에 나는 항상 있잖아."

"……."

"잊을 때까지 옆에 있을 테니까. 예전에 네가 한말처럼 우리는 짝이잖아."

"… 응."

갑자기 가슴이 뭉클해지는 것이…. 흐어엉!

나 또, 감동 받았다. 기생!!!

고마워. 고마워. 고마워. 고마워. 고마워. 고마워. 마음속으로 외쳐댔다.

또 겉으로 표현하면 민망해 지니까 말이다.

하지만….

"고마워!"

헉! 속으로 너무- 강하게 외쳐댔는지 나도 모르게 입 밖으로 튀어나왔다. 너무 열정적으로 고마워 했나보다.

"… 뭐냐?"

"아하하!"

"요즘 자주 고마워 하시네?"

"너, 너한테 한 거 아니야."

"더듬지나 말고 얘기하시지!"

"아, 아니라니까!!"

더 캐묻기 전에 책상에 엎드려 잠을 청했다.

236

한참 달게 자고있는데 지이이잉 +☆ 허벅지에 떨림이 느껴진다. 떨림이 강한걸 보니 전화인가보다.

-여보세요.

=재환이! 잤어?

-응. 웬일이야?

=웬일은 오늘 목동 오라고.

-목동? 왜?

=그냥, 시우네 가자고.

-…우리 둘이서?

=응. 나비는 약속 때문에 안 된대. 그럼 목동 역 앞에서 보자.

5시 괜찮지?

　-응! 5시! 목동 역!

　전화를 끊고 옆을 보니 기생 놈도 통화를 하고있었다. 안 듣는
척, 못 듣는 척하면서 은근슬쩍 귀 기울였다.

　『그래 알았어. 갈게.』

　나긋나긋한 목소리로 살짝 웃어가면서 전화하는 기생!! 어째
나한테 대하는 것과는 전~ 혀 다른 말툰데?

　"어이~ 기생! 말투를 바꾸기로 하셨나봐?"

　"뭔 헛소리냐!"

　- _ -안 바꿨군.

　"오호호! 방금 전화는 누구셨소?"

　"뭐래냐 또!"

　"나긋나긋 voice~.★"

　"……."

　"당신, 원래 이런 스타일이 아니잖아~!! 어디 숨겨둔 애인하
고 통화하셨나?"

　"또, 또! 헛소리 지껄인다."

　기생 놈은 이런 날 간단하게 무시하며 내 쪽을 보지 않으려 했
다. 하지만! 내가 누군가! 난 억지로 찰--싹! 달라붙어 계속 말
을 이었다.

　"누구냐니까!"

　"이러다 한 대 맞지?"

"한 대 맞아도 알려줘. 누구야?"

"왜 이런데."

"야야! 고개 좀 돌려봐!"

"……."

"이씨! 돌려보라니까!"

☆휘_익★★

"아악!!"

뚜둑☆★☆ㅇ.,ㅇ??

엥? 이게 뭔 소리여? 지금 기생 놈 모가지에서 난 소리 맞지?

"아아… 야, 신. 수. 연!!"

기생은 목을 부여잡고 천천히 내 이름 석자를 불렀다.

난 쫄았다! 엉엉.

"으, 응?"

"지금 한 행동에 대해서 어떻게 설명 할거냐?"

"미, 미안해."

"네가 요즘 겁 대가리를 상실했구나?"

"사, 상실까지야. 아직 조금은 있어."

"이게!! 아아… 너 내 목 어쩔 거냐?"

"응?"

"어. 쩔. 거. 냐. 고!"

버럭!! 소리를 지르는 기생 놈. 고질라 같았다. 으웅웅-무서워

죽겠다!

238

"파스라도 사… 다 줄까?"

"됐어."

"그럼 붕대는?"

"목에 감으라고?"

"응!"

"좀 맞자!"

"그럼!! 연고를 발라델 수도 없잖아!!"

"어쭈~ 이것 봐라? 지금 큰 소리 치는 거냐?"

"아, 아니야."

악마 같은 놈!!

"아무튼 미안해."

239

"알아."

"그러니까 용서해죠."

"그럼 밥 사!"

"밥?"

"안사면?"

"맞는 거지!"

"그런 게 어디 있어!"

"너에게도 득이 되는 거니까 그냥 사!"

어째 분위기를 봐선 또 말도 안 되는 게 나올 듯하다.

"밥 사는 게 나한테 뭐가 득이 돼!!"

"되니까 사!"

"그게 말이 된다고 생각하는 거야?"

"어."

"뭐가 말이 돼!"

"밥그릇을 비우면서 이시우에 대한 너의 마음을 비워."

할말 없음.

"오늘 오후에 사라!"

"……."

"왜 대답이 없어?"

"……."

"야, 신수연!"

"그냥 날 때려. 하도 어이가 없어서 대꾸하기 싫다."

"호오~ 그러셔?"

그리고 그 날 난 피 터지기 직전까지 맞았다. 그래!! 사실 방금
한말은 사실 오버고, 그냥 머리 몇 대 쥐어박더라.-_-

+목동역 앞.

재환이를 만나서 시우네 집으로 향했다.

"시우네 집 아직 그대로야?"

"응."

+시우네 집 도착.

재환이 말대로 시우네 집은 전혀 변함이 없었다. 거실도 여전히 아무것도 없었고, 시우 방도 모든 게 그대로였다. 단지 시우만 없을 뿐….

"정말 그대로네…."

"응."

"보고싶다 시우…."

"응."

"나 요즘에 울지 않으려고 노력 많이 한다?"

"……."

"시우하고 한 약속 지키려고 노력도 많이 해."

"그래."

"재환아, 지금 내 모습 굉장히 밝지?"

"…응."

"요즘에 밝게 생활하고 있어. 많이 웃고…."

"응. 보기 좋아."

"그래?"

시우야, 넌 이런 내 모습 괜찮니?

"신수연!"

"응?"

"계속 그런 모습으로 약속한데로 그만 잊고 다른 사람 찾아."

"…뭐야."

"그만 방황하고."

"……."

"이시우에겐 나만 있으면 돼."

"뭐야, 그런 말이!!"

"내가 마지막 가족이니까 나로 충분해."

★69★

가… 족?

"내가 끝까지 곁에 있으면 돼."

"나도….'

"안 돼. 넌!"

"……."

"넌 평생 이시우만 보며 살 수 없어."

"……."

"이렇게 마음 아픈 건 한순간이야."

"……."

"한 발자국만 앞으로 나가. 그리고 천천히 잊어."

"……."

"그렇게 해."

"……."

"그러자, 수연아. 응?"

"… 응."

재환이 말은 모두다 맞는 말이야.

"넌, 시우에게는 마지막 사랑이야. 알지?"

"나도…."

"바보야, 여자는 아니야!"

"뭐?"

"여자는 첫사랑이 마지막이 아니라고!!"

"뭐야, 네가 여자를 얼마나 안다고!"

"너보다 많이 알지~."

"뭐!! 이놈아, 내가 여자란다. 응?"

"아니야! 넌 여자가 아니야!"

"이 자식이!"

서로 으르렁-거리며 말싸움만 하다가 어느새 치고, 박고 격렬하게 주먹이 오가며 싸우는 우리.

"야, 야! 아프다."

"나도 여자다! 신수연! 여자라고!"

"하하- 당연한 거 아냐?"

그럼 여자취급 좀 하라고!

"이시우. 예전에 방황 많이 했었어."

"히히- 알아."

"겉으로 미소한번 제대로 짓지 않았었어."

"……."

"부모님이 일찍 돌아가시고 옆에 있어 줄 누군가를 필요로 하는 사람이 이시우였어.”

“응….”

“그것 때문에 그런지 굉장히 후회된다. 그 녀석 옆에 자주 있어주지 못했는데….”

“내가 있었잖아.^-^”

“하하! 그래. 대견하다, 신수연!!”

그럼~ 내가 누군데!

“신수연! 시우하고 한 약속 꼭 지켜라.”

“……”

“누군가를 필요로 하면서도 시우가 먼저 놓은 거니까.”

“……”

“눈물을 한번 참고 대신 한번 더 웃어. 그리고 시우 잊어.”

“… 알았어.”

“그럼, 오늘부터 힘내자! 신수연!!!”

“응….”

“이시우가 필요로 하는 사람은 니가 아니라 나니까 꼭 잊었으면 좋겠다. 하하!”

“너를 필요로 하는 사람은 옥영이겠지!”

“아하하! 난 인기인이잖아.”

매우- 좋아하는 그 녀석을 뒤로한 채 먼저 밖으로 나왔다. 그리고 놈과 함께 버스를 타고 개봉동으로 향했다.

재환이는 우리 아파트단지 앞까지 날 데려다 준 다음 옥영이를 만난다며 쏜살같이 가버렸다.

문을 열고 집안으로 들어왔다.

"수연이 왔니?"

"응."

"오늘은 좀 일찍 들어오네?"

"히히. 이제 일찍 올게요."

"뭐?"

"학생이면 학생답게! 행동해야지."

"… 그래."

환하게 웃으시는 엄마.

그래 생각해보니 난 늘 피해만 주었구나.

못되고 한없이 부족한 딸 묵묵하게 지켜보시며 끝까지 믿어준 우리엄마. 내 기분 헤아려 주느라 말 한번 제대로 못하고 늘 좋은 말만 해준 옥영이와 풍운이.

나와 같은 아픔인데도 나를 먼저 생각해준 재환이.

그리고… 그리고.

자신이 첫 번째라고 하며 늘 한 발짝 뒤에서 지켜 봐준 텐리.

이렇게도 많은 사람들이 늘 한결같이 걱정해 주었는데 난 피해만 주었구나.

재환이 말대로 한번 더 웃자. 그리고 시우 네 말대로… 잊자.

+다음 날.

신수연! POWER UP!!

"다녀오겠습니다~!"

☆쾅!! ★★★문을 박차고 나왔다.

난 오랜만에 룰루랄라_♬ 콧노래를 부르며 걸어갔다. 앞으로도 계속 웃을 거다.

교문 앞.

딱-기생 Size가 나오는 놈이 앞에 걸어가고 있었다.

한걸음에 달려가.

"기생!!"

와-락! 뒤에서 안기며 반가움을 표시했다. But! 기생 놈은.

"아아악!!"

괴성과 함께 어깨를 감싸안으며 주저앉았다.

"야, 야! 괜찮아?"

"신… 수연!"

앙칼진 놈의 목소리. 하, 가끔은 울어야 될 때도 있다.

"으, 응?"

"이게 뭔 짓거리냐?"

"하하-!"

"아침부터 맞고 시작하려고?"

"아하하! 미안하다니까~."

"미안하시면 양호실에서 파스 좀 갖고 오셔!"

"에?"

"먼저 올라간다."

"야, 야! 뭐야. 내가 왜!!"

"너 때문에 내 어깨 병신 됐잖아!"

버럭_소리를 지르는 기생 놈.

"아, 알았어."

"그리고, 네 파워는 그만 중지!"

"에?"

"더 이상 레벨 업 하지마! 시체 나올 것 같다."

말을 해도 꼭!

"아무튼! 얼른 파스 갖고 올라오셔!"

놈은 어깨를 감싸며 교실로 향했고, 난 온몸을 감싸며 치 떨리
는 공간으로 향했다.

하~ 우리의 늙은 여우. 양호선생님!

오늘도 그깟 파스하나를 설교1시간 동안 하시고 겨우 주셨다.

터덜터덜_교실로 돌아왔다.

"파스 얻어왔다."

"만들어서 왔나?"

"힘들게 얻어왔건만 왜 또 시비야!"

"뭐?"

"야, 야! 눈 좀 크게 뜨지마. 살 떨려!"

"그건 니 살이 많아서고!"

어쩜 저렇게 핵심만 찔러댈까?

"신수연!"

"왜!"

"파스 좀 붙여봐."

"싫은데….”

"붙이시지!!"

나의 의사와는 상관없이 벌써 어깨를 드러내는 기생 놈.

"꺄아!♥♡"

행복한 비명을 지르며 너무도 좋아하는 우리 반 지지배들.

ㅋㅋ이것들아!! 내가 더 좋다. 으흐흐-

하얗고 만질-만질 하고 부드러운 속살을 만지고 있자니 코피

흐를 것 같다.-_-

나 완전 변녀 됐네. 에? 근데, 이 멍들은 뭐야?

"야! 웬 멍이야? 쌈질했냐?"

"내가 애냐!"

"그럼 뭐야? 이 시퍼런 멍은?"

"유도."

"유도? 뭔 소리야?"

"나 며칠 전부터 유도 배운다."

그 말로만 배운다던 유도를 드디어 본격적으로 시작하셨군.

그럼 첫 번째 타깃은 내가 되는 건가?

"근데, 언제 붙이시려고?"

"지금 붙일 거야~."

퍽퍽_###

그동안 쌓인 감정 풀어가며 있는 힘껏 붙여댔다. 한~ 창 열심히 붙여대고 있는데!!

"오빠~♡"

텐리부대가 등장했다. 저것들은 안 보일만하면 나타난다니까!! 아직까지 그 돌 사건이 눈에 선~ 하구나.

"지금 뭐 하는 거예요?"

"보면 모르겠냐? 파스 붙이잖아."

"언니가 그걸 왜 붙여요?"

"하~ 웬일이냐? 언니라고도 불러주고? 내일은 해가 서쪽에서 뜨겠네~."

"뭐라고요!"

"기생 앞에서는 반말은 못 쓰겠니?"

"하~ 기가 막혀서 진짜….”

잡것이 누가 더 기가 막힌데!

너도 2학년 돼서 후배한테 돌로 맞아봐라!! 내 심정 충분히 이해할거다.

"텐리 오빠~♡어떻게 저런 언니하고 사귈 생각을 다 하셨어요?"

"콩깍지가 끼었었나보다."

"정말 그런가봐요! 완전 시궁창에 밥 말아먹게 생겨 가지고!"

그건 어떻게 생긴걸 뜻하는 말이냐?

"오빠!♡"

"히히~♡오빠~~!!"

기생 놈에게 필요이상으로 달라붙어 대는 것들! 상관하긴 싫었지만 그래도 기생 놈보다는 돌 던진 것들이 더 싫었기에 단숨에 텐리부대에게 다가갔다.

"야!!!"

"왜요?"

"떨어져!"

"뭐래~."

"떨어지라니까!"

"이유는요? 왜 떨어져야 되는데요?"

이유?… 는 없지!! 그냥 돌 던진 것들이라서 싫어서 그런 건데….

"없어요? 그럼 신경 쓰지 말아요!"

"그냥 떨어져! 걔 내 남자친구란 거 잊었니?"

"뭐, 뭐라 구요?"

"확!! 콧구멍을 좌 우. 10cm 늘려버리기 전에 꺼져라?"

"하! 뭐 라는 거야? 지금?"

"못 알아들었으면 그냥 꺼지고, 알아들었다면 좋은 말로 할 때 꺼지고!"

"뭐야, 존나 어이없네!"

한 대 칠 기세로 말을 했지만 뒷걸음질치며 순순히 사라지는 텐리부대.

내가 생각해도 역시 난 멋있단 말야!

"히히- 어떠냐? 기생!"

"최고다. 신수연!!"

엄지를 세우며 빙긋_웃는 기생 놈. 츄르릅! 침 흐른다.

앞으로도 계-속! 저런 미소만 봤으면 좋겠다. 살인미소는 싫어!!

"싫어!!"

"또, 뭐가 싫어?"

허-----업!! 또 밖으로 발산됐다. 나 진짜 왜 이러냐!!

251

★70★

"하하!"

"웃지 마셔."

"웃는 거 아냐."

"그럼 그게 우는 거냐?"

"이씨!! 시끄러워, 잘 거야!!"

"곰 같은 게 매일같이 쳐 잔대!"

저렇게 말하고 싶어도 안 될텐데 저 놈은 어쩜 저런 말만 골.
라. 서 하는 걸까?

잠시 저 놈의 정체성(?)에 대해 심각하게 생각하다가 너무 생각했는지 어느새 잠이 들어버렸다.

　시간이 흐르고, 일어나 보니 어느덧 3교시 쉬는 시간이었다. 요즘 잠을 못 잤더니 내리 잤나보다.

　다시 눈이 감겨오는 것이 다시 누우려고 할 때 칠판에 써져있는 것이 눈에 화—악 띄었다.

　「4교시 자습.」

　카오옷—!!

　수면으로 때우기에는 절대적으로 아까운 시간이다! 그래서 난 필사적으로 깨어있었다.

　옆의 기생 놈도 깨어있었다. 눈이 마주치자 말을 걸어오는 기생 놈.

　"웬일이냐? 4교시에도 깨어있고?"

　이렇게!-_-^

　"왜 또 시비야!!"

　"시비라니! 그냥 궁금해서 물어 본 거다."

　"너야말로. 이 시간에 안자고 뭐하냐?"

　"팔 아파서 잠깐 쉬고있다."

　저, 저! 또 이상한 말한다.

　"뭐야, 그게!"

　"말 그대로."

　"아무튼, 이상한소리만 골라서 한다니까!"

　"너 역시."

"됐어~. 너하곤 말을 말아야지!!"

"피차일반."

"이씨! 그래서 내가 널 싫어하는 거야!!"

"나도 너 싫다!"

또다시 우리는 _으르릉_대기 시작했다.

"너 좋아하는 사람은 평생 없을 거다!"

"너처럼 굼뜬 애 좋아하는 사람 또한 없어."

"이씨! 역시 넌 내 이상형하고 가장 거리가 먼 사람이라니까!!"

"이상형? 너도 그런 게 있었냐?"

"난 사람도 아니냐!"

"그럼 해봐! 야~ 궁금하다. 네 이상형."

굳이 말할 필요까진 없었는데 난 결국 기생 놈에게 내 이상형을 나열해 놓기 시작했다.

"내 이상형은 말야 교문 앞에서 정장을 말끔하게 차려입고, 예쁜 장미꽃 99송이를 손에 들고, 아! 폼으로 담배하나! 그리고 반짝_검은색 구두를 신고, 내가 그 사람을 발견하고 그 사람에게로 뛰어올 때 씨-익 웃으며 두 팔을 벌리며 날 맞이하는 그런 남자!"

순간 기생 놈의 표정이 일그러졌다.

"말도 안 되는 소리한다, 굼벵아! 세상에 그런 남자가 어디 있냐!"

"이… 있어."

"어디?"

"찾아보면. -_-"

"그래, 있다고 해보자. 그래도 그렇게 유치찬란하게 널 기다리려면 장담컨대 분명! 얼굴에 철 가면을 쓰고 널 기다릴 꺼다."

저것이 또 초를 치네!! 아무튼! 인간이 내 인생의 시비를 너무 걸어댄다니까!!

"아냐!!!"

"난 현실을 말하는 것 뿐이야!!그리고 100송이면 100송이지. 99송이는 뭐냐?"

"응~♡ 한 송이는 나!♡"

"그 남잔 비위까지 좋은 사람이어야겠군."

"그땐 내가 소화제도 준비해야지 뭐…. 하하하!"

기생의 표정은 다시 꾸려졌다.

"표정 봐라?"

"뭐가."

"매-우 띠꺼운 표정이시다?"

"당연한 거 아냐?"

"어우~ 재수 없어!"

"뭐!"

"아, 아니야! 잘못 나온 말이야."

난 또 쫄았다.

그렇게 난 오늘도 기생 놈의 눈치를 보며 눈동자를 이리저리 굴리고 있어야했다.

그리고 한참 후.

"저기⋯."

"저기⋯."

놈과 동시에 같은 말이 나왔다.

"말해."

"말해."

영화나 TV에서 봤던 유치한 장면이라 생각했던 같은 말 같이 하는 것!!

젠장!! 그 유치찬란한 장면을 우리 둘이 재연하고 있었다.

255

"그럼 나부터 말한다."

"응."

"그러니까⋯."

심하게 뜸을 들이는 그 놈. 답답해서 죽을 것 같다!

"나 이번 겨울방학 때⋯."

"응."

그러고 보니 겨울방학이 얼마나 안 남았구나!

오예!! 어느덧 2주 앞으로 다가온 겨울방학!

"너 겨울방학 때 무슨 계획 있냐?"

"아니. 그냥 집에서 TV보면서 있어야지. 왜?"

"뭐, 그냥."

이번 겨울엔 시우하고 보낼 줄 알았는데 그럴 수 없게 되었고… 김재환&옥영씨 커플에게 찰-싹 붙어 있을까 생각했지만 나도 사람인데 그 둘을 보면 심하게 재수 털리니 안되겠고.

나비는 모르겠고, 그리고 천곱슬은… 절대 싫다!

"그럼 크리스마스 땐? 너 혼자 지내려고?"

"이게 진짜! 잊고있었던 건데, 갑자기 왜 꺼내는겨!"

"청승맞게 크리스마스를 혼자 보내냐?"

"왜 자꾸! 사람 염장을 질러!!"

필요이상으로 오버를 하며 기생 놈에게 쏘아붙였다. 부록으로 침까지 첨가해서 말이다.

기생 놈, 당황한 듯 고개를 옆으로 홱-돌린다.

"아~ 진짜 이번 크리스마스에 뭐하지?"

"그때 같이 보낼래?"

이놈이 시방 뭐래는겨.

"뭐?"

"너 어차피 같이 보낼 사람도 없다며 그땐 내가 같이 있어주마!"

"됐네요, 필요 없다!"

"…그때 아니면 시간 없어.

갑자기 진지한 표정으로 바뀌는 기생 놈. 누차 말하지만 정말 안 어울렸다.

"뭐야, 너 크리스마스에 신현빈하고 보낼 거 아냐?"

"아니."

"……."

"그래서 어쩔 거야. 신수연!"

"좋아! 나쁠 건 없지."

그렇게 기생 놈과의 크리스마스를 약속했다. 이것이 나하고
같이 있고 싶어했던 거군.(아니다.) 부끄러우니까 말 돌려서 말
하기는~ 좀 귀여운 구석도 있네~. 음하핫-

★71★

+다음 날.

257

싱그러운 마음으로 학교에 갔다. 하지만! 1시간도 채 지나지
않아 난 지옥으로 빠져버리게 되었다.

조례시간.

"12월 7일부터 일주일간 기말고사다."

우르르르_! 한순간에 무너져 버린 내 마음. 수업시간에 제대
로 들은 것 없이 잠만 퍼 자 댔는데 뭘 알겠냐고요!

지금부터라도 맘잡고 공부하려 했으나 열악한 주위의 환경(텐
리)과 IQ두 자리의 내 머리가 나를 가슴 쓰리게 했다. 하지만 아
직 포기하긴 이르다!

시험시간표를 받아 적고 동그라미 생활계획표-_-도 만들었

다.

학교가 파하자마자 근처 도서관으로 향했다.(원래 공부 못하는
애들이 시험시간표 나오면 공부하는 법이다.)

한 2시간정도 앉아있었나? 엉덩이 꼬리뼈에 감각이 없어졌
다.

"저기, 우리 잠깐 쉬고 하는 게 어때? -〈옥영!"

"크크-언제 그 말하나 기다렸다. -〈수연!"

마음이 너무도 잘 맞는 우리는 근처 커피숍으로 갔다.

"뭐냐, 신수연!"

"뭐가?"

"커피숍을 왜 온 거냐고!!"

"갑자기 레모네이드가 먹고싶은 마음을 짓누를 수 없었다."

"그게 뭐여!"

라고 하면서 결국 레모네이드 두 잔을 시켜 맛있게 마시는 옥
영이.

"하스미야!!"

커걱_##

갑자기 누가 소릴 버럭_지르는 바람에 빨대 영어로는
straw!!-_-가 목에 걸려버렸다.

아야야… 근데 하스미야라면… 설마!

"앉아. 신현빈!"

기생이었다.

원래 '설마'는 거의 배신을 때리지 않는다.=_= 하아~ 것보다 여기까지 와서 보게되다니 정말 기가 막힌 우연이구먼~.

"말해보라고! 언제 갈건대!!"

"말했잖아."

말투를 보아하니 싸우는 듯 보였다. 기생아! 너에겐 지금 그럴 시간이 없단다.

시험이 코앞으로 다가왔는데 대체 뭐 하는 거니?

But. But. But!!

싸움구경은 불 구경, 男子구경과 함께 기똥차게 재미있는 구경 3대 산맥이 아니던가!! 그래서 난 그냥 가만히 구경했다.

"근데, 텐리 앞에 누구야? 사귀는 앤가?"

"신현빈."

"뭐?"

"기생 놈 첫사랑 일 것이라 추측 중."

"첫… 사랑?"

"엉!"

확실하진 않지만 나의 높은 안목으로 봐서는 딱! 첫사랑 size 가 나온다.

"그래서! 가긴 갈 거지?"

"……."

"왜 대답이 없어!"

"목소리 낮춰. 신현빈!"

"대답이나 해! 걸 거지?"

"……."

"그럼 안 갈 거야!!"

물 컵을 꽈—악 잡는 신현빈. 뿌릴건가 보다. 참으로 기대되는 구나~.

"그만해."

"대답해! 텐리야. 나하고 같이 간다고."

"……."

"같이 일본으로 돌아간다고 약속해. 어서!"

일. 본?

"야, 야! 신수연. 저게 뭔 소리냐?"

"글쎄…."

"일본이라니 대체 뭔 소리야?"

"내가 어떻게 알아!"

무슨 소릴 하는 건지는 나도 궁금하다.

"대답 안 할거야?"

"갈 거야."

"뭐?"

"갈 거라고

"정… 말이지?"

"나중에, 지금말고!!"

"뭐!!"

다시 한번 물 컵을 꽉 쥐는 신현빈. 저러다 깨질 것 같다. 뿌려야되는데. -_-;

"왜! 나중이라는 거야?"

"서두르지마. 조금밖에 안 걸려! 길어봤자 한 달이야."

"한달? 그게 조금이라는 거야?"

"그래."

"아니! 지금이라도 학교에 자퇴서 제출해!"

"뭐!!"

헉!! 나도 모르게 소릴 질러버렸다. 순간 많은 눈들이 나에게로 고정되어 있었다. 것도 일어나 버리는 바람에 쪽팔림과 민망함이 2배가 되었다.

기생 놈도 어이없다는 듯 쳐다보고 신현빈은 당장이라도 달려올 기세다.

"하~ 넌 또 여긴 웬일이니?"

심하게 째리며 묻는 신현빈. 지금 보니까 눈이 조금 찢어진 것이 무섭다.

난 홱_ 고개를 돌려버렸다.

"아~ 주 텐리있는 곳곳마다 나타나는구나!"

"……"

"뭐야, 오늘따라 다 왜 이렇게 대답이 없어!"

난 계속 고개를 돌리고 있었다. 목 아파 죽겠다. ㅜ_ㅜ

"그래서 하스미야! 언제 관둘 건데?"

"말했잖아."

"그건 너무 늦는다고!!!"

"……."

"혹시 빨간 머리 쟤 때문이니?"

왜 또 불똥이 나한테 튀는 건데?

"말해봐, 쟤 때문이냐고!!"

"……."

"하! 뭐야, 말해보라니까!!"

"앉아."

"완전 어이없네."

계속 목을 돌리고 있었더니 목 아픈 것과, 뭔 일이 벌어지는지 궁금한 마음에 살짝_고개를 돌렸다.

그와 동시!! 촤—아아아악_##

피할 겨를도 없이 내 얼굴로 날아오는 물.

그리고 어느새 내 앞에 와있는 신현빈.

이놈이 뿌렸나보다. 기생 놈한테 뿌리라니까!!! 젠장.

"얘 때문에 못 가시겠다? 지금 그 말이야?"

"제 자리로와. 신현빈!"

"내가 묻잖아! 대답해!!!"

"아니야, 그러니까 더 이상 피해주지말고 와!"

"하, 하하!! 어이없어. 정말."

지금 물맞은 내 사정은 잊었는지, 신경전을 벌이는 두 남녀!

"무조건 일본에 가는 거야!"

"그만 하자."

"그리고 너 일본에 가면 평생 거기서 사는 거야!"

뭐…? 이건 또 무슨 소리여?

"그게 너를 위한 길이야. 알지? 하스미야!"

"그래, 그만 가자. 더 이상 폐 끼치지 말고."

커피숍 밖으로 나가는 텐리….

"잠깐!!"

나도 모르게 잡아버렸다. -_-

★72★

"신… 수연."

황당하다는 표정으로 나를 바라보는 기생.

"이게 미쳤나!!! 손 안 놔?"

빠른 속도로 다가오는 신현빈. 하아~. 내가 뭘 한 건지….

"히히-"

어색한 웃음을 보여주곤 신현빈을 피해 재빨리 자리로 돌아왔
다. 나를 한 번 째리더니 밖으로 나가는 텐리와 신현빈!

"야, 신수연! 잡았으면 물어봐야 될 거 아냐!"

"뭘?"

"자퇴 말야. 무슨 얘긴지!"

"나도 물어보려고 했는데…."

"근데!"

"신현빈이 무서워서 말이 안나와! 으옹옹-"

하하!! 다들 이제 너무 잘 알지 않은가! 나 王소심인거.

"붕신아!! 그래도 잡았으면 말은 해봐야지!"

"물어보려고 잡은 거 아냐~."

"그럼?"

"그냥 나도 모르게…. 하하-"

"아~ 궁금해죽겠네. 진짜!!"

"그럼 궁금해 죽겠는 니가 물어보지 그랬나?"

"나도 아까 걔는 좀 무섭더라. 특히 눈이!"

"그렇지? 걔 좀 사나워졌어."

"응, 네 눈보다 걔 눈 보니까 떨려."

"머여! 갑자기 내 눈 얘기가 왜 나와!"

딸랑_♪

문이 열리며, 누군가 우리 쪽으로 다가왔다.

"어? 기생. 다시 여긴 어쩐 일이야?"

"바쁘냐? 신수연?"

"아니."

"그럼 얘기 좀 하자."

"… 그래."

빈자리에 앉는 텐리.

"어? 벌써 시간이 이렇게 됐네?"

"엥?"

"나 먼저 일어날게. 공부해야 되거든~. 안녕!"

빠르게 밖으로 나가버리는 옥영이. 이자식아!!★★ 지금 이 놈
과 둘이 있음 민망하단 말야~.

신현빈이 언제 쳐들어올지 모르니 무섭기도 하고!

10분 째 아무 말도 안 하는 텐리. 얘기 좀 하자고 해놓고, 입
한번 열지 않고 있다.

에씨! 궁금한 것도 있으니 내가 먼저 말해야 쓰겠다.

"저기, 기생!"

"……."

"아까… 그 말이 무슨 말이야?"

"뭐?"

"자퇴 말야! 이제 곧 3학년이잖아. 무슨 말이야?"

"그렇게 됐다."

정말 자퇴하는 거야?

"뭐야, 너 갑자기!"

"좀 갑자기 인가?"

"당연하지."

"……."

다시 5분 정도의 침묵이 흘렀다. 먼저 말을 꺼낸 건 이번에도
나!

"너 정말 자퇴하는 거야?"

"그럴 것 같다."

"엥? 그럴 것 같다는 건 뭔 소리야?"

"……."

"그… 일본에 간다는 것 때문이야?"

"그래."

"언제 가는 건데?"

"글쎄."

"하아~. 그럼 크리스마스 약속 깨지겠네?"

"……."

266

다시 아무 말 없는 텐리.

"왜 가는 건지 물어봐도 돼?"

"……."

"말하기 싫음 안 해도 되고. 미안."

"… 아버지 뵈러."

"뭐?"

"일본에 계시거든."

아버지 뵈러 자퇴라. 어딘가 좀 이상한데.

"신수연!"

"응?"

"넌 일본에 대해 어떻게 생각 하냐?"

"일본? 그냥 뭐… 좋은 감정은 없지만, 썩-나쁜 감정도 없어."

"일… 본인은?"

"똑같지 뭐."

"그래?"

"… 근데, 왜?"

"……."

"난… 일. 본. 인이다."

쓴웃음을 지어 보이는 텐리.

"음~ 근데 난 네가 일본인이라면 좋을 것 같기도 해. 하하–!"

거짓말이다.

"신수연!"

"엉?"

"거짓말인 거 티 확–난다!"

"그, 그래? 하하!"

젠장.

"… 난 17년 만에 처음 뵈러 가는 거야."

"17년?"

"그래. 날 버렸었으니까."

"……."

"하~ 17년이 지난 지금에서야 내가 보고싶다고…."

"……."

"얼굴도 모르는 아들이 자식이라서 보고싶다고 하신 댄다."

창 밖을 바라보는 텐리. 아주 미세하게 눈동자가 흔들린다.

"미안하다고. 이제 같이 살고 싶다고….."

"……."

"돌아가신 어머니 빈자리를 내가 채워줬으면 하는 바람… 이 겠지?"

"… 그럼 일본으로 가면… 안 오는 거야?"

"아마도."

"그… 래? 그럼 아버지와 단 둘이 사는 건가?"

"아니, 셋이서."

"셋?"

"현빈이와 셋이서."

눈앞이 캄캄해졌다. 갑자기 왜 이러는 건지 아무것도 보이지 않는다.

"신… 수연."

"……."

"신수연!!"

"… 어?"

다시 환해졌다.

"미안, 미안해. 텐리야! 먼저 가볼게."

"그래. 시간 많이 뺏어서 미안하다."

"아니야! 괜찮아. 갈게…."

도서관이 아닌 집으로 향했다. 난 오늘 또 멍해져서 있었다.

'현빈이와 셋이서'

자꾸 귓전에서 맴돈다. 뭐야! 진짜.-_-+

★73★

+어느덧 12월 12일!!

그간 시험성적은 최악이었다! 첫 날부터 쭈-욱 평균이 70점 초반에서 머물러 있었다.

완죤히 망했다. 엉엉-0-

하. 지. 만! 나보다 더한 놈이 있으니까 난 괜찮다.

아쉽게도 점수는 모르겠지만, 시험 내내 10분 풀고 자던 기생 놈!

분명! 저 놈보단 잘 나왔으리라!(굳게-믿고있다.) 그리고 다시 원래의 자리로 돌아온 지금 이 시점!

계---속 꿈나라 여행중인 기생.

그리고!!

"아싸! 오늘부터 존나게 놀아보자고~."

반 아이들 대부분 이런 얘길 해대고 있지만 난 심난해 죽겠다. 이럴 줄 알았으면 공부하는 건데… 물론 별 차이 없겠지만 말이다.

그리고 담임의 종례가 절정에 다다랐을 때 기생 놈이 슬슬 깨

어나기 시작했다

"몇 시?"

"10시 반."

"그래? 근데… 뭐야! 종례 아직도 안 끝났어?"

"결말이 눈앞에 보인다."

"그러냐? 시험은 잘 봤고?"

"크-아악! 말하지마! 그것 때문에 심난해."

"역시! 너다."

뭐래는겨! 자기는 완전 잘 본 식으로 말하시네?

"그러는 넌 잘 봤냐?"

"보긴 봤는데 결과가 두려울 뿐이지."

"그래."

역시, 기생!!

"야! 기분도 꿀꿀한대 뭐 줄까?"

"됐다."

"왜! 줄게."

"또 뻑큐凸 주시려고?"

"오~ 아네!"

이것이 날 물로보나!!

"내가 바보냐!"

"아니, 처진 눈."

"죽고잡냐!"

"저녁 7시까지 카XX로 와라."

"엥?"

"네가 좋아하는 술 사줄게."

"야! 나 술 못 마시는 거 모르냐?"

"아! 그랬었지."

"근데 요즘 따라 쪼~ 옴 받는다. 크크-"

시우 녀석 때문에 내 주량은 소주 2잔에서 한 병으로 늘어버렸다.

바람직하지 못한 현상이지만 공짜니까 어쩔 수 없다. 가끔씩 바람직하지 않은 일도 해야한다.-_-

집에 와서 그동안 못 잔 잠 충~ 분히 자고 6시에 일어나 천천히 약속장소로 향했다.

먼저와 있는 기생.

"언제 왔어?"

"1억 년 전에 왔다."

"뭐냐! 네가 공룡이냐!"

"뭐가."

"완전 유치한 개그 하시네?"

"이거 예전에 니가 썼던 개그거든?"

그랬었나? 흐~ 음!! 생각해보니 그런 것 같기도 하고… 아~ 민망하네. 저런 유치한 개그 따윌 구사했다니!

왠지 후끈-달아오름에 앞의 컵에 따라져있는 보리차를 벌컥_

들이켰다.

"푸우---읍!"

다시 뱉었다.

"뭐냐, 드럽게."

"뭐야, 이거. 보리차 아니었어?"

"넌 보리차에 거품이 이렇게 많이 들어있냐?"

"아니."

"그리고 육안 상으로도 맥주로 보이지 않냐?"

"이씨! 난 보리차인줄 알았단 말야!"

"여기에 보리차가 왜 있어!"

맞는 말이다. 그래서 더 이상 아무 말도 못했다.

아! 참고로 난 맥주는 한잔… 아니 조~ 금도 못 마신다.

이유는? 모른다. 나도!

난 앞에 있는 보리차로 가장한-_- 맥주를 치워버리고, 쇠주

를 갖다 논 후 홀짝홀짝_마셔댔다.

"신수연!"

"엉? 왜?"

"25일. 알지?"

"엥? 약속 취소된 거 아니야?"

"어."

"그래. 죠아쓰~!! 근데 그럼 언제 가는 거야?"

"그렇게 갔으면 좋겠냐?"

272

그렇다고 차마 겉으로는 표현 못하겠다.

"그래서 언제 가는데!"

"26일. 오전….”

"…그래? 다음 날… 이네.”

"응."

"……."

"너무 좋아서 말이 안 나오나 보다?"

"그래, 좋다! 이 놈아!"

꽥_소리를 지르곤 술병을 기울였다. 하지만 한 방울도 채 따르기 전에 술병을 가져가는 기생 놈.

"자기가 혼자 따라 마시면 복(福) 달아난다.”

"달아날 복도 없었어.”

"잔 들어. 따라 줄께.”

"……."

"응?"

씨-익 웃는 놈. 살인미소가 아니었다.

어쩌다 한번 보이는 그 미소!! 매우-매우 정상적인 미소였다!

바로 잔을 들었다.

기생의 정상적인 미소는 희소성(?)이 있기에 한번 지어 보일 때 저 놈 말을 잘 따라야한다. 그래야 좀 더 볼 수 있다.

난 조금 더 잘 보이기 위해 최대한 예쁘게 웃었다.

"히히-"

273

"재수 없게 왜 히죽-거려!"

본연의 모습으로 돌아왔다. 잘 보이기 위해 웃었건만 역시 내 웃음은 재수 털리는 웃음인가보다.

"다행이다. 신수연!"

"에? 뭐가?"

"가기 전에 너 정신차려서."

"뭐여! 무슨 정신을 차려!!"

"맞잖아."

"내가 막나가던 애도 아니고~."

"맞잖아."

274

그래. 이것도 할말 없다. 내가 잠시 빨간 머리 휘날리며 불량 학생의 길을 걸었기에….

하~. 민망스럽군.

"생각해보니까 맞지? 내말?"

"그, 그려!"

"앞으론 정신 똑바로 차리고 살아!"

"너한테 그런 말 듣기 좀 그렇다?"

그리고 갑자기 들려오는 여자의 목소리!!

"어? 하스미야! 너 여기서 뭐 하는 거야?"

신현빈의 목소리였다.

"너 여긴 어떻게 알고 왔냐?"

"FEEL이 딱-꽂혀서 왔지~."

"왜 왔는데?"

"너 찾으려고…."

"그럼, 찾았으니까 돌아가."

"싫네요!"

신현빈은 기생 놈의 말을 무시한 채 내 옆자리에 그 놈을 마주 하며 앉았다.

"또 보네?"

"응."

"넌 정말 텐리가 있는 곳이면 다 따라다니는 거니?"

"아니."

"아니긴~ 가는 곳곳마다… 완전 스토커네!! 아하하–"

"……."

"나도 한잔 따라줄래?"

"그래."

신현빈에게 술잔을 건네주고 소주병을 들었다.

"돌아가라고 했다. 신현빈!"

"……."

기생 놈의 말에 순간 난! 멈칫했다. 하지만 신현빈!! 놈의 말을 _잘근잘근_ 잘도 씹어댄다.

"야!!! 뭐해? 안 따를 거야?"

"따를 꺼야! 성질머리하고는…."

"뭐!!!!"

"……."

나도 신현빈의 말을 씹으며 다시 술병을 들었다. 그러자 갑자기 일어나더니 술병을 쳐버린 텐리.

쨍그랑_##

바닥에 던져진 술병이 산산조각이 나며 깨져버렸다. 그리고 조용히 다시 한마디 던지는 텐리.

"가라고 했다?"

"내가 술 마신다는 데 네가 무슨 상관이야!"

"돌아가. 신현빈!"

"싫어."

"욕 나오기 전에 가!"

신현빈의 표정이 굳어졌다. 텐리의 표정 또한 굳어진지 오래였다.

"너 어차피 나하고 일본으로 가는 거야!"

"그래서."

"얘하고 이렇게 있어봤자! 얘만 괴로운 거…"

"신현빈. 가라고 했다."

"알았어. 갈게."

"신수연이었나?"

"어."

"하스미야! 일본가면 다신 안 돌아와! 알지?"

"……."

"아는 얼굴이긴 하네~. 쿡쿡! 그럼 갈게. 26일 공항에서 봐."

재수 없는 얼굴과 불길한 미소를 한-껏 지으며 가는 신현빈!!-_-+ 과 아무표정 없이 테이블만 바라보는 텐리.

다시 침묵이 흘렀다.

★74★

서로의 잔만 멀뚱멀뚱_바라보고 있다.

'일본가면 다신 안 돌아와!'

또 떠나버리는 거야?

"텐리야…."

"… 어?"

"이런 말하면 네가 어떻게 생각할지 모르겠지만 말야…."

"말해."

"난 네가 다시 돌아왔으면 좋겠어."

"……."

"그냥 그래. 왔으면 좋겠어. 근데 이건 그냥 내 바람일 뿐이야."

"바람이라…."

"3학년이 되어서도 옥영이, 풍운이와 같이 같은 반되고…. 히히-"

"곱슬은 싫어!"

"하하! 근데 일본에서 행복하다면 오지 않아도 되지만, 혹시라도 불행하다면 다시 돌아와."

"그래."

"일본엔 소중한 가족이 있지만 한국엔 소중한 친구들이 기다리고 있잖아!"

"……."

"나 같은! 아하하―"

"넌 제외!"

저것이 또 초를 치네!!

"텐리야!"

"왜!"

"우리 제발 한번만 제대로 된 분위기 좀 잡아보면 안될까?"

"너하고 어떻게 분위기가 잡히겠냐!"

"잡것이… 확! 그냥 대충이라도 잡아봐!"

"네 웃는걸 보는 것보다 힘들어."

"됐다! 늦었다. 그만 일어나자!"

그리고 밤길은 위험하다며 그 놈은 나와 같이 우리 집으로 향하고 있다. 언제나 이런 놈이면 얼마나 좋을까!

네 놈이 돌아온다면 언젠가 네 놈에게 싸가지를 가득 사다 안겨주마. 그리고 놈과 난 우리 집 문 앞에 섰다.

현재 우리에게 확실하게 남은 시간은 크리스마스 전까지….

그 후는 어떻게 될지 모른다.

278

"들어가."

"응!"

"그럼 월요일 날 보자."

"응!"

코트 주머니에서 열쇠를 꺼내어 열쇠구멍에 갖다대었다. 하지만 어느새 나온 눈물이 눈앞을 가렸다.

눈을 크게 떠보며.

"여기…."

살짝 웃으며 손가락으로 열쇠구멍을 가리키는 텐리. 그 바람에 눈물을 흘러내렸다.

"…하."

"……."

"난 네가 다시 돌아왔으면 좋겠어."

"……."

"지금 네 모습 그대로 다시 돌아왔으면 좋겠어."

"……."

"나 아직 시우 혼자 못 잊잖아. 옆에서 안 도와줄 거야?"

"……."

"그리고 3학년 때도 또 한번 짝꿍 해보자구!"

"싫다."

"이씨!!"

"들어가…."

"그래."
눈물을 닦고, 집 안으로 들어갔다.
따르릉 +☆ 핸드폰 벨이 울렸다.
–여… 보세요.
=재환이!
–응, 훌쩍.
=뭐야! 너 울어?
–안 울어!
=우는 소린데?
–안 운다니까!
=그, 그래.
바로 꼬리 내리는 놈.

–재환아… 넌 안 떠날 거지? 아무데도 안 갈 거지?
=무슨 소리야?
–계속 여기 있을 거지? 아무데도 가지 않고.
=왜, 왜 그래! 무슨 일 있어?
–넌 시우처럼 가지 마라. 제발 아무데도 가지마! 그냥 내 곁에
있어 주라. 응?
=그래, 안가. 아무데로 안가니까. 대체 무슨 일이야! 수연
아….
–히히! 정말이야?
=당연하지! 내가 널 떠나 어떻게 사냐!

역시 재환이!

-헤헤! 맞아. 네가 날 떠나 어떻게 살겠어.

=그래, 오빠가 곁에서 있어주마.

-응! 재환아! 내가 너 진짜-진짜 좋아하는 거 알지?

=알아.

-나 너 정말-정말 좋아해!

=근데 네 마음을 받아들을 수가 없어.

-푸히히-

=난 처와 아이가 있는 몸이란다.

-언제 아이까지 생긴 거야?

=아하하! 니가 모르는 비밀이 많단다.

-그래?

기분이 한결 나아졌다.

=수연아….

-응?

=사나이 김재환이! 언제나 네 옆에 있어 줄 테니.

-네가 무슨 사나이야!

=검. 사. 나. 이! 아무튼! 평생 곁에 있어주마!

-평생은 됐어.

=이게 기껏 생각해서 말해주니까!

-으하하!

그 날 밤 재환이와 정말 오랜만에 오-랫 동안 통화를 했다.

281

★75★

다음 날 13일. 日曜日.

재환이 놈과 밤새도록 울면서 통화한 덕에 눈이 퉁퉁-부은 관계로 하루종일 잠만 자야했다.

14일. 月曜日.

어제의 눈이 채 가라앉지 않아 난 다시 철철대왕이 되어버렸다.

"또 철철대왕 되셨네?"

"그래!"

"뭐야, 지금 수긍하는 거냐?"

"그려-오늘은 인정한다."

"그럼 오늘은 특별히 더욱더 눈 감고있어라."

"나도 그럴 생각이다. 눈 뜨고 있기 힘들어."

오늘따라 기생의 시비조가 달갑게 들린다. 계-속 이렇게 눈감고있으면 선생님들이 이상하게 생각할텐데 미리 양해를 구해야겠군.

+1교시.

"선생님~ 저 오늘 누워있어도 될까요?"

"넌 늘 누워있지 않았니?"

282

"아, 그렇군요-0-"
간단하게 PASS!!

+2교시.

"새-앰! 저 오늘 누워있어도 되나요?"
"이게 무슨 또 헛소리래!"
"눈뜨기가 힘들어요. 오늘 하루만 누워 있을게요."
"제발 오늘 하루만 눈뜨고 있음 안되겠니?"
"상태가 심각해서요."
난 선생님을 향해 나름대로 눈을 크게 떴다. 샘의 반응은?

"자는 게 좋겠구나."
동정표로 PASS!!
그런 식으로 난 그 날뿐만이 아니라 쭈-욱 버텼다.
기생 놈은 굉장히 나를 부러워했다. 하지만 이놈은 모두 알다
시피 누가 뭐래도 당당히 자는 인간이다!

+어느덧! 방학 식. 19일. 土曜日.

오늘도 담임의 긴-종례를 마치고 기생 놈과 같이 집에 가게
되었다. 그리고 녀석은 〈자퇴서〉를 제출했다.
그러고 보니 전학 처음에는 같이 가려고 해도 기회가 많지 않

았는데 요즘은 꽤-잦아진 듯하다.

"기생~ 나 목마른데 돈이 없어."

"그래서."

"그냥 목마른데 돈이 없다고."

"어쩌라는 거야! 사달라고?"

"응."

"그럼 처음부터 그렇게 좀 말해라!! 돌려 말하지 말고."

우리 집 근처 커피숍으로 갔다. 저번에 시우와 갔던 그 곳. 그
리고, 시우와 앉았던 자리에 앉았다.

"여기 예전에 시우하고 왔던 곳인데…."

"……"

"히히-생각난다."

"울지 말고!"

"안 울어! 나 이제 안… 운다니까."

하지만 흘러내리는 눈물.

다행이다. 이곳이 캄캄해서 기생은 내가 우는지 모를 테니까.

"울지 말라니까 또 우는 거냐?"

"… 안 운다니까 그러네…."

"그래."

"……"

"그래."

"헤헤-걱정하는 거야?"

"또, 또! 맞을 소리하지?"

저 씹어먹어도 시원찮을 놈!

"표정이 굉장히 안 좋다?"

"응!"

"뭐?"

"있어. 그런 거!"

"네가 계속 돌려서 말하면 난 하나도 못 알아듣는다. 알고있지?"

"그래!"

"……."

한참동안 침묵이 흘렀다.

"아~ 그러고 보니 크리스마스도 이제 몇 일 안 남았네?"

"기생! 나 크리스마스 때 선물 사줄 거지?"

"내가 너한테 선물을 왜 사줘!"

"야아~ 사죠사죠!!"

"내가 누누이 말했지만 너하고 귀여운 거는 안 어울린다니까."

"이씨! 암튼! 안 사줄 거야?"

"뭐 갖고싶은데?"

꺄아아─격국! 저렇게 말 할거면서 아닌 척하기는~.

"음~ 그러니까… 다이아몬드 반지."

"맞으시려고?"

"금반지."

"몇 대?"

"은반지라면…."

"뭐?"

"야야! 됐다, 됐어! 관두자, 관둬!"

"왜~ 계속 얘기해봐!"

거울이나 본 다음 다시 질문해라! 네놈이 날 어떻게 보고있는
지. ㅜ_ㅜ

차라리 말을 말던가… 뭐야! 괜히 기대했잖아.

은반지는 진짜 얼마 하지도 않는데 싼 건 삼천 원짜리도 있고
말야. 난 저놈에게 있어 삼천 원도 안 되는 존재였단 말인가?

"야야! 기생~ 너 은반지 가격 알고있냐?"

"얼마 안 하겠지."

"그치? 얼마 안 하지?"

"그렇다고 들었다."

"그려! 싼 거는 3,000원짜리도 있단 말야!"

"싸네?"

"싸지? 싸지!!!"

"무슨 얘기를 하려고 이렇게 말을 돌려 대냐?"

아아악!!!★★

저 인간의 뇌 구조는 대체 어떻게 되었기에 이렇게까지 설명
을 해줘도 모르는 걸까?

아무튼!! 연구대상이라니까~.

"무슨 얘기냐고!"

"됐네요!"

"그래? 그럼 됐어."

담배를 꺼내어 피는 놈. 다시 한번 말하지만 난 술, 담배는 안 한다.

술은 예전에는 안 했지만 이시우 때문에 하게 된 것이고!

아무튼! 담배와는 영-인연이 없다.

"야, 야! 피려면 밖에 나가서 펴!"

"왜?"

"너, 간접흡연이 8배라는 거 몰라?"

"알아."

"난 담배 안 핀단 말야!! 그럼 알 거 아냐!"

"어쩌라고."

"나가서 펴, 아니면 피지 마!"

"왜."

"8배! 8배! 너 때문에 죽으면 책임 질거야?"

"자, 나도 펴!"

씩-웃으며 담배 한가치를 내미는 녀석.

"어쩌라는 거야?"

"펴!"

"장난해?"

"8배라며? 일곱 번 펴. 그럼 이익이니까."

할말 잃음. 그래! 이 녀석도 이시우과 였어.

"이게 마지막이다."

"에?"

"마지막으로 피는 담배라고."

"오~ 맘 잡은 거야?"

"그래. 이제 안 펴."

"일본… 가서 필 거면서…."

"안 펴."

"그걸 어떻게 믿어! 몰래 필수도 있지."

"……."

"확인할 방법이 없네. 휴….."

"……."

한창 재미있게 얘기하다가 끊겨버린 대화. 텐리는 말없니 담배만 피우고있고, 나는 놈의 라이터를 만지막_거리고 있었다. 그리고 그렇게 시간이 흐르고, 우리는 각자의 집으로 갔다.

★76★

그리고 전혀 기다리지 않았던 12월 연인의 날!!

크리스마스가 돌아왔다!!

잠의 여왕이라 불리는 나. 신수연!!

오늘도 오후 7시가 되어서야 천천히 눈을 떴다.

"우웅~ 졸려~ 지금이 몇 시지?"

일어나자마자 바로 내 핸드폰을 보자!

문자메시지[13]

13이라는 깜찍한 숫자가 나를 반겼다

헉!! 언놈이 이렇게 보낸 거야! 라고 생각한 것도 잠시.

=+뭐하냐?

=+오늘 타이티 8시 알지?

=+늦게 나오면 죽는다!!

=+답 문!

=+어쭈~ 이것 봐라. 문자 씹는 거냐?

=+지금이라도 보낸다면 용서해주마

=+아주! 네가 간댕이가 배 밖으로 튀어나왔구나!!

이런 식으로 보기만 해도 무시무시한 문자가 13개나 와있었다. 이런 아리따운 문자 덕에 다시 이불 속에 들어가 _오들오들_ 떨어야했다.

이놈 시키! 오늘이 마지막이라면서..

꼭!! 마지막까지 이렇게 해야만 쓰겠냐!! 젠장!

하지만 생각과는 다르게 서둘러 준비하고 있는 처진 눈이다.

모두! 지금까지 나의 생활을 보지 않았는가!!

나 완전 비굴인거. 크흑!!!

PM 7:40분.

20분 남겨 놓고, 약속장소로 부리나케 달렸다. 머리에 「늦으면 죽음이다!」를 새기며…

"헉…헉…헉."

이마에선 땀이 삐질삐질 흐른다.

젠장! 지하 방이 아니라서 다행이지만, 커피숍이 4층에 위치할건 또 뭐냐고요~! 엘리베이터도 없이 4층을 _껑충껑충_뛰어왔다.

주위를 두리번거리며 기생 놈을 찾았다.

저~~~기!! 창가 쪽에서 정말 어울리지도 않게 턱을 괴고, 창밖을 바라보며, 우수에 찬 모습을 연출하려 애쓰는 기생 놈이 있었다.

"기생~ 나 왔어!"

"왔냐?"

"엉! 일찍 왔지?"

"너 내 문자 봤어, 안 봤어?"

"무, 문자? 나… 그거 지금 방금 봐서… 미안!"

"……."

그 놈은 아무 말 없이 내 몸이 뚫어져라 _째릿째릿_째려보고 있다.

그렇다. 마지막까지 우린 실랑이를 했다.

이 놈. 진짜!! 그노무 문자하나 갖고 더럽게 치사하게 군다.

+시계바늘은 어느새 10시를 가리켰다.

"언제 출발해?"

"내일 아침."

"그래….."

"……"

우리에겐 없는 단어!! 어색하기 그지없는 침------묵!!!

한동안 이 스타일로 밀고 나갈 거다.

"하핫! 기생~ 우리에게 이런 어색한 침묵이 있었었나?"

"아니."

"히히! 너무 적응 안 된다. 그치?"

"네가 더 적응 안 돼."

"뭐야!!"

"애써 웃지마. 너 웃는 거 보니까 소름끼쳐."

"……"

하~ 내 딴에는 분위기 좀 잡아보려고 했지만 저 놈에겐 역시나 먹혀들지 않았다. 그리고 1시간이 더 흘렀다.

점점 흘러가는 시간을 보자 나도 모르게 내 허락 없이 눈물이 흐르고 있었다.

그런 나를 그 놈은 멍하니 바라본다.

"어…? 뭐야, 나 왜 이래?"

"……"

"하하. 왜 이러는 거지?"

애써 쓴웃음을 지어봤지만, 이 놈의 눈물은 필요이상으로 쏟아 내리고 있었다.

"왜 우는 거냐?"

"모르겠어. 자꾸만 나와."

"울지마."

"지금 나 걱정해주는 거야? 응?^-^"

"소름끼쳐! 어쩜 그렇게 안 어울릴 수 가있냐!"

"뭐야, 너! 죽는다!"

"헷갈린다. 울던지 웃던지 하나만 해!"

또다시 시작된 그놈과 나의 실랑이. 계속 스탑하지 않은 상태로 흐르는 내 눈물. 그리고 무표정으로 창 밖만 바라보고 있는 놈.

"안 돌아 올 거지? 너."

"……."

"담배 피는지 안 피는지 확인해야 되는데…. 히히."

"안 펴."

"근데, 만약 돌아올 거면 내 이상형의 남자가 되어서 돌아와!"

"뭐?"

"그러면 멋진 여자 하나 소개 시켜줄게. 나 어때?"

"사양한다."

"죽을텨?"

"……."

다시 흐르는 침묵. 그리고, 단번에 침묵을 깨버리는 소리가 들

려왔으니 어디선가 들려오는 소리에 놈과 나는 쓰러질 뻔했다.

"자, 여러분~♡ 정확히 3분 후에 KISS타임이 있겠습니다!"

키…스타임?

"자, 자! 앞의 연인이 도망 못 가도록 꼬--옥! 붙잡으시고요~ KISS TIME은 딱!! 5분 드리겠습니다!!"

앞. 의. 연. 인?

어리둥절한 기생 놈과 나. 뭐, 뭐야!! 갑자기 이게….

"사랑스런 연인을 향해~ 입술이 불어~~트도록!!! 쪼------옥♡ 최대한 느~~끼하게 키스를 하는 겁니다."

쪼. 옥?

"그럼 3분 카운터 들어갑니다. 3분 후엔 커피숍내의 모든 불이 꺼지고, 앞의 설명대로 실행하시면 OK!! ♡♡♡"

기생과 난 서로의 상판때기에 불쾌하다는 표정을 팍팍_보내줬다. 그리고 사회자아저씨는 장풍운을 구워 잡쉈는지 대량의 하트만 뿌려대며 느끼하게 3분을 재고 있었다.

은근히 우리의 키스를 바라는 당신! 하지만, 우리의 키스는 로또 1등에 당첨될 확률보다 낮다.

"자, 1분 카운터 들어갑니다! 마음 단단히 하시고, 사랑스런 애. 인! 어디 못 가게 꽈-악 잡아 주시고요!!"

"어? 거기 섹뛰 아가씨!! 지금에서야 내빼심 안되죠~♡"

옆쪽 테이블을 가리키며 말하는 사회자 아저씨. 하~ 이젠 빼도 박도 못할 신세가 되었다.

짹깍짹깍_ 점점 흐르는 시간. 멍하니 창 밖만 바라보는 기생놈.

다시 조금의 시간이 흐르고, 놈은 내 쪽으로 시선을 고정시킨다.

"하하! 우린 연인이 아니니까 안 해도 되겠지?"

"……."

"다른 커플 하는 거나 구경해야겠다. 히히."

"5…4…3…2…1♡"

5초 카운터가 끝나고, 커피숍 내 불이 꺼졌다. 앞사람의 형체만 확인할 수 있을 정도로 컴컴했다.

"하하.^-^;"

난 민망함에 딴청을 피우며 배시시 웃고만 있었다.

"신수연…."

나를 부르는 텐리. 컴컴해서 목소리만 들린다.

"…응?"

"있을게."

"……."

"……."

"… 무슨 소리야…?"

"옆에…."

점점 나에게로 다가오는 텐리…. 숨소리조차 들리지 않을 정도로 조심스럽게 다가온다.

난 왠지 모를 떨림에 눈을 꼬-옥 감았다.

놈의 두 손이 내 얼굴을 감싸며… 천천히 입을 맞춘다.

콩닥콩닥 쉴새없이 펌프질을 하는 심장.

그 상태로 몇 분이 흘렀다.

놈의 손이 내 허리에서 풀어졌다.

그리고, 쭈--욱! 내 볼을 잡아당기며 놈의 입이 내 귀로 다가와 속삭인다.

"Merry Christmas 기다려. 돌아올게."

이것만 들었다면 딱 좋은 분위기로 오래도록 남겠지만!

그전 이 놈이 손으로 내 볼을 쭉- 잡아당겨 매우 아팠다. 얼얼하다. 그리고 옅은 미소를 지으며 천천히 밖으로 나갔다.

Merry Christmas 텐리.

★77★

그 놈이 나가고, 조금의 시간이 흐른 후 KISS타임이 끝났다.

모-두 박수치며 난리 났다.

내 옆에 여잔 아까는 그렇게 내빼더니 얼마나 진-하게 했는지 남자입술이 립스틱 범벅이 되어있었다.

여기저기 커플들을 보고있는 나에게 모-두의 시선이 꽂혔다. 그렇다!! 나 지금 혼자 앉아있다.

동정 어린 눈빛으로 바라본다. 사회자마저 안쓰럽게 쳐다보니까 정말 못 참겠더라.

바로 나와 집까지 천천히 걸었다.

때마침 눈도 내린다. 안 그래도 나 눈 싫어하는데 정말 생에 최악의 크리스마스였다.

청승맞게 눈물도 조금씩 흘러내린다.

잊는다고 했는데 시우가 생각난다. 시우와는 단 한번도 같이 크리스마스를 보낸 적이 없었는데…. 그리고 영원히 같이 보낼 수 없겠지?

왠지 쓸쓸하다.

시우. 눈 굉장히 좋아한다고 했는데 이 정도의 눈이면 내일 아침 눈사람 만들 수 있을 텐데….

생글생글 웃는 그 녀석의 모습이 떠오른다.

297

하늘에서 날 바라보고 있는 것만 같다. 나도 밝게 웃어 보이며 하늘을 바라봤다.

"시… 우야. 시우야!! 시우야!! "

하늘을 향해 맘껏 소리질렀다.

"야, 이시우!! 건강하게 잘 지내고 있니? 난 잘 지내고 있어. 보이지? 밝은 내 모습. 으악! 눈에 눈−들어갔다. 차가워, 차가워! 그리고 나 끝까지 얘기할거니까…. 그러니까 내 얘기 끝까지 들어! 알았지? 잘 안 들리면 말해! 과일 파는 아저씨 확성기 훔쳐올텐게!!"

"나, 최대한 네 생각 안 했어! 잊으려고… 네 말대로 너 잊으려고 안 했어. 지금 와서 서운해 하면 안 돼! 킁킁. 코에 들어갔다."

"엄마! 엄마!! 저 언니 어디 아픈가봐. 하늘에 대고 소리치고 있어."

"지나가…."

"쉿-쉿!!그냥 지나가."

아이를 데리고 슬슬 나를 피하시는 아줌마. 나를 미친 사람 보는 듯이 보며 빠르게 지나가신다.

하지만 난 끝까지 시우에게 할 말은 한다!!

"흐엉~ 이시우. 방금 봤지? 나 아직까지 이런 취급받으면서 산다. 빨리 와서 혼내 줘! 히히!! 시우야, 나 잠시만 너 잊을게. 잊지 못하면 여기… 가슴이 너무 아프니까 잠시만 잊을게."

"그러니까 용서해 줘. 히히! 그리고, 나 너에게 마지막으로 할 말이 있어. 원래 너도 나한테 해야하는 건데 봐줬다. 내가 말하는 걸로 만족해야지 뭐…. 나 지금 말할 거니까 잘 들어!!! 한번만 말하고 바로 자리 뜰 거야. 윽! 눈 또 들어갔다. 에이씨! 아무튼 지금 말한다! 듣고있지? 마지막이야. 이시우!!! 사랑해. 사랑해. 사랑해. 사랑해. 사랑해!! 넌 내 가장 소중한 첫사랑이야. 알지?"

혹시라도 못 들을까봐 _폴짝-폴짝_뛰면서 크게 소릴 질렀다. 지나가던 사람들의 표정은 모두 엄했지만 그래도 난 꿋꿋했다.

그동안 내 마음 아프지 않으려고 꺼내지 않은 말을 하나씩 꺼내어 날려보냈다.

고마워. 시우야! 늘 나만 좋아 해줘서, 늘 나만 바라 봐줘서, 늘 나만 생각해줘서… 그리고 늘 지켜줘서 너무 고마워, 시우야.

"이시우!!"

마지막으로 크게 불러보는 이름.

하늘을 향해 저 높이 아주 멀리 있는 시우를 향해 더욱더 크게 불러본다.

"안녕!! 시우야!!"

"안녕… 이젠 정말 정말 안녕…."

어떻게든 잊어야만 하는 완전하게 끝맺음을 한 내 첫 번째 사랑. 아니, 사랑이라 하기에는 너무 어설펐던 우리.

미완성인 10대에 만나 그저 서로 옆에 있는 것만으로도 사랑이라 믿었던 우리. 우리는 그랬어. 그런데, 우리가 이제는 완전한 이별을 해야해.

언제나 가슴속에 남아있을 시우야. 10년, 20년… 내가 늙어서도 언제나 소중한 첫사랑으로 남아있을 시우야.

난, 후생이란 걸 믿지 않지만 그대로 만약에 아주 만약에 말야 후생이라는 것이 있어 하느님께서 우리를 다시 만나게 해주신다면 그때는 내가 먼저 알아보고 인사할게….

"잘 지냈어?"

라고.

그럼 넌 언제나 그랬던 것처럼 환하게 웃어주겠지? 우리가 처음 만났을 때도 마지막이었을 때도 넌 늘 그랬으니까….

분명 그때도 넌 그렇게 웃어줄 거야.

★78★

어느덧 시간이 흐르고 흘러 난 3학년 수험생이 되었다. 한층 더 업그레이드된 페인이 되어버린 쾌쾌한 내 모습!!

부-시시한 3일 안 감은 머리!! 교복치마대신 입고있는 친구 집에서 몰래 째벼온 꽃무늬 몸빼바지. -_- (왠지 이걸 입으면 공부 가 잘 되더라. 하하!)

300

초. 폐. 인. 신. 수. 연!!

"야, 야!! 떨어져, 떨어져!!"

"너하고 똑같이 될까봐 무섭다!"

"너한텐 꾀-죄죄라는 말이 딱 이다!"

난 아직도 이런 취급을 받으며 산다.

이것들아! 그렇게 강요하지 않아도 이런 내 자신을 안다. 나도 거울 보면 놀란단 말이다.

"어머머! 재환아~ 어제 만났는데 또 뭐가 보고싶어~. 호호-"

저 쌍퉁머리없는 소리!!

그렇다! 이옥영과 같은 반이 되었다. 참으로 저 년의 꼴은 아 니꼬았다~!!

'3학년이 되면 좀 나아지겠지.' 라고 믿었던 내가 바보였다.

그리고 또 하나_!!

"수연아~.♡♡"

출연이 뜸-했지만 대량의 하트만으로도 금방 짐작 가는 놈!

천. 곱. 슬 장풍운(風雲)!! ← 오랜만에 한문도 넣었다.

하~ 이 놈도 우리 반이다. 것도 내 짝이다!! 엉엉.

이렇게 절대 어울리기 싫은 2명과 함께 3학년 수험생활을 하고 있다.

안 그래도 안 되는 공부 더 안 된다! 나 이러다 대학 못 가고 평--생 백수로 살면 어쩌지?

"흐엉엉-0-!! 나 니네 때문에 대학 못 갈 것 같아!!"

"뭐?"

"니네가 내 인생 책임질 거야?"

"뭐래냐~ 넌 원래부터 대학 못 가는 성적이었잖아!"

"옥영아! 한 대 맞아봐야지?"

"난 사실을 말한 것뿐인걸~."

내가 어쩌다 이런 것하고 친구가 된 걸까? 짜증스러운데 그냥 확-!! 목동으로 보내버려?

"수연이 인생 내가 책임져줄게.♡"

이건 또 뭔 소리야! 곱슬아 넌 또 왜 등장한 거니!

"수연아~ 대학 못 가도 상관없어!"

"그, 그래?"

"응! 내가 책임져 줄게~.♡"

"아하하!!… 사양할게."

"왜, 왜!! 곱슬곱슬♡풍운이가 책임져 준다니까~."

"……."

물론 천곱슬과 결혼하면 아이 인물하난 빼어나겠지만… 난 생글생글_재수 없게 웃는 그 놈을 바로 무시해버렸다.

하~ 비록 성격 파탄자에, 짜 맞추기 잘하고, 싸가지가 좀 없긴 했지만… 그래도 수면으로 조용했던 기생 놈이 그리워지는 하루하루다.

"옥영아~♡오늘 우리 셋. 어디 놀러갈까?"

"셋이라니!!"

"옥영이, 수연이, 풍운이~ 꺄아아!!♡"

"꺼져!!나 오늘 재환이 만나러간단 말이야!"

"안 돼, 안 돼~. 같이 가자! 응?"

"달라붙지마! 쏠릴 것 같으니까!"

아악!! 나에겐 이런 놈들은 전-혀 필요 없단 말이다!!

"수연아~ 옥영이가 나보고 뭐라고 그래!"

어쩌라는 거니! 곱슬아.

"혼내 줘, 혼내 줘.♡"

"꼭 혼내줘야 되는 거니?"

"응!!♡"

"안 혼내주면 안 돼? 나 옥영이 무서운데…."

"히잉~!! 그럼 울 거야~.♡"

"야!! 이옥영! 때치때치!!"

나도 모르게 나간 손이 어느새 옥영이의 엉덩이를 때리고 있었다. 난 순간 얼어버렸고 옥영이의 표정은 실로 살벌했다.

"웃자고 하는 행동이지?"

"하하!"

"지금 장난하는 것도 아니고!!"

"아, 아하하!"

"또라이 같이 하라고 진짜 하냐!"

"나도 모르게 한 거야! 엉엉!"

"한심해! 한심해!"

할말 없다. 방금 내가 한 짓은 내가 생각하기에도 정말 어이없었으니까.

아악!! 내 짝은 왜 다~ 이런 놈들 뿐이냐고욧!!

그렇게 하루, 이틀 시간이 흘렀다.

6월!! 기생 놈이 일본으로 간지 어느덧 여섯 달이 되었다.

"아악!! 니가 내 전화 받아가꼬 재환이가 오해하잖아!!"

"니가 받으라며~.♡"

"정상적으로 받으란 소리였지!!"

"왜에♡정상적이었잖아."

"그게 정상이야? 정. 상이냐고!!"

오늘도 산만하기 그지없는 천곱슬과 옥영씨!!

난 저들의 쉬지 않고 놀려대는 주둥이에 지쳐 잠을 자려 엎어지려는 그때!!

"얘들아!!"

반장의 커다란 목소리가 내 귓구멍을 덮쳤다.-_-

"야야야!!! 모두 이쪽으로 와봐!!"

★79★

"야야! 늦게 오면 후회한다. 빨리 와봐!!"

반장 논이 창문 밖을 내다보며 아이들의 시선집중을 요구했다. 여자아이들은 뭔가 하는 마음에 하나둘씩 반장이 있는 곳으로 갔다.

그리고 하나같이.

"꺄악!!!♡꺄아!!!♡꺄악!!!♡"

를 외치며 밖을 바라보고 있었다.

장풍운 스러웠다.

난 왜 가만히 있냐고?

으하하! 걱정 마라~. 지금 눈을 _반짝_이며 뛰어가는 중이다. 재미난 구경거리가 분명하다. 크크-기대되는군.

"자, 잠깐 비켜봐! 나도 좀 보자!"

바글바글 모여있는 아이들을 헤집고 창문 밖을 내다보았다.

'대체 뭐 길래, 이러는 거야?'

허걱! 난 밖을 보자마자 놀래서 뒤로 자빠지는 줄 알았다.

교문 앞에 말끔한 정장을 입고 한 손엔 빨간 장미 다발을 들고 (몇 송인지는 모르겠다.)입엔 담배를 하나 꼬나 물고, 빛에 반사되어 _반짝반짝_빛나는 구두를 신고 뭔가 띠꺼운 듯한 표정을 하고있는 남정네가 서있었다.

난 그 남정네와 눈이 딱-마주쳐버렸다. 전기가 찌릿찌릿_오는 것이 가심이 콩닥콩닥_뛴다. 그리고 나를 보며 씨-익 한번 웃는 그 놈!!

몸서리--치며 빠르게 놈에게 달려간다.

교문하고 점점 가까워져 갈수록 내 가슴은 쿵쿵_계속 펌프질을 해댄다.

머리 속엔 '다녀올게.' 텐리의 마지막 말이 자꾸 떠오른다.

305

옵션으로 내 볼을 쭈--욱 잡아당긴 것도 떠오른다.(그렇다! 아직까지 우리에겐 분위기 따윈 없었다.)

오랜만의 보는 반가움 때문일까? 아님 분위기를 잡으려는 건지 눈물이 두 뺨을 타고 흘러내린다.

"하아… 하아."

그 놈에게 점점 가까워지자 놈은 두 팔을 벌리며 나를 향해 환하게 미소지었다.(사실 살인적인 미소였다. 그 놈 특유의 살인미소)

난 그 녀석에게 빠르게 달려가 최대한 세. 게!! 그 녀석의 품에 안겼다. 그리고 퍽퍽_때려대며 말했다.

"뭐야! 너 한마디 예고도 없이 오는 게 어디 있어!!"

"불만이라는 거냐? 근데 너 좀 세게 앵기지 않았냐? 가슴팍이 좀 쓰리다?"

눈치챘나보다. -_-

"뭐가 세게 앵겨! 네가 이상하게 느낀 거야!"

"아니야. 뭔가 감정이 실린 '안김'이었어!"

"아니라니까! 내가 그런 인간으로 보이냐!"

"응."

"이씨!! 오랜만에 만났는데 꼭! 그렇게 말해야되겠어?"

"니가 그렇게 앵겼잖아."

또 티격태격한다.

"근데 이거는 또 뭐냐?"

눈살을 찌푸리며 내 바지를 가리키는 기생 놈.

"하핫 이거 예쁘지? 이거 입으면 공부가 너무 잘된단 말야~."

"역시 변함 없이 유치하군."

"뭐!!"

지금 몸빼바지를 욕하는 거 맞지? 지는 예전에 성조기 반바지 입고 댕겼으면서!!

"야! 신수연!!"

"왜!!"

"나, 네 이상형에 딱 맞는 거냐?"

"아 · 니!!"

"뭐? 왜! 이 정도면 확실하잖아. 딱 이지 않아? 맞잖아!!"

어쭈~!! 이것 봐라? 또 우긴다. 아무튼 우기기 대장이라니까!!

"아니라니께!!"

"뭐가 아니야!! 쪽팔리는 거 무릅쓰고 장미까지 사왔건만!"

"몇 송인데?"

"네가 99송이라며 한 송이는 너라며!!"

"응."

"그리고 아침 일찍 일어나서 구두 닦고, 목동 가서 재환이놈한테 정장 빌리고, 끊었던 담배까지 폈건만 뭐가 아니야!!"

기생 놈이 한번에 이렇게 말을 많이 했던 놈이었나? 속도도 빠르고 말야.

이 자식 흥분했나보다.

"아무튼 아니라니까!!"

307

"뭐가 아니라는 거야!!"

"너!! 너무 어깨가 좁잖아. 내가 네 품안으로 다 안 들어오잖아. 기분 나쁘게스리!!"

"음~그래! 그러고 보니 너 살 좀 찐 것 같다?"

"아, 안 쪘어!"

"아닌 것 같은데~ 요즘 하는 운동이라도 있냐?"

"아… 아니라니까!!"

"또, 또!! 당황한다."

아아악!!!!★★

정말 이렇게 분위기가 없을 수도 있는 건가?

우리에게 분위기란 말은 언제쯤이면 어울릴 수 있는 걸까? 그리고 옆에서 계속 중얼거리고 있는 기생 놈!!

"대체 내 어깨가 뭐가 좁다는 거야! 이 정도면 완벽하지."

아하하!

뭐, 내가 원했던 스타일에서 살-짝 비켜나가긴 했지만 특별히 넘어가 주도록 하마.^-^

"뭘, 그렇게 실실-쪼개. 소름 끼친다니까! 자제 좀 해라."

"……."

빠직_##

젠장. 젠장. 젠장. 젠장.

아무튼! 예쁘게 봐 주려고 해도 그럴 수가 없다니까!!

308

"근데 어떻게 돌아온 거야?"

"비행기 타고."

"그거 말고!! 신현빈은?"

"잘 지내."

"그래? 아버지하고는 만나봤어?"

"어."

"일본에 있지 않아도 되는 거야?"

"그래."

잘됐구나….

"아! 나 너에게 할말이 있는데…."

"응? 뭐, 뭐?"

"귀여운 척 하지마!"

"엉.-_-"

"넌 어떻게 변함 없이 아직까지 처진 눈이냐?"

"불만 있어?"

"별로"

"뭐야!! 그게 할말이야?"

"아니 지금 말 할거야."

반년이 지난 지금에 와서도 놈과 난 정말 유치하기 그지없었
다. 분. 위. 기란 세 글잔 사라진지 오래였다.

그래!! 우리에겐 그것마저도 원래 존재하지 않았다.

"뭔데! 언농 말해봐!!!"

그리고 한~ 참 뜸을 들인 후 그 놈이 내뱉은 말은 정말 황당
함의 결정판이었다.

"소화제 내놔!!"

"...-_-."

아아아아악!!!★★

니 놈이 내 이상형에 대해 기억할 때부터 알아 봤어야 하는 건
데!! 아무튼 너와 난 평---생!! 진지한 분위기는 안되겠다.

이 MOOD도 없는 놈아!!

"야야!! 너 그냥 일본으로 돌아가!!"

-★THE END★-

309

작가후기

먼저 한번 놀라도록 하겠습니다.

우와~!! 제 이름으로 된 책이 나오다니 정말 기쁘네요~!!

수정작업 엄청 늦어서 죄송해요. 그리고 하늘에 계신 우리 외할아버지. 자주 찾아뵙지도 못했는데 꼭 지나가고 소용없을 때 후회를 하게 되더라고요. 죄송해요.

약간 마찰이 있었지만 결국 이해해주신 아빠, 좋은 추억이 될 거라며 기뻐해 주신 엄마, 지금은 군복무중인 우리오빠.

어느 날 갑자기 전화를 해서는 "어이~! 김작가 출판은 잘 되가나~!" 라는 말!! 내 친구들 사이에서 완전 유행어 됐다. 역시 오빠가 최고라니까~.

내가 책 보내줄텐께 내용은 보지말고 그림만 봐!! 내용 보다 짜증나서 탈영할지도 모르니까. 아무튼! 책보면 알 거야. 남자주인공과 오빠 성격이 매우~ 흡사하다는 걸.

나의 베스트 희양! 제발 날 버리지 말아죠~!! 너밖에 없다는 거 알잖아~ 그리고, 수연이 눈 모티브가 되어준 또 다른 베스트 질라야-_-; 펑크족 생활 이제 그만 청산하지 그러니?

기생, 수연이 예쁘게~ 그려준 세은이! 시우 완전 멋있게 그려준 연주! 정말 원츄한다니까~!!!!

소설 쓸 때 많은 도움을 준 고딩때 친구 란희, 미나, 남궁씨♡ 그리고 뒤늦게 얘기했지만 쬐까난나코!

모두 언제나 고맙다!!ㅋㅋ

대걸레사건 P양, 죽도사건 앵모양, '텐리부대' 사건 D양, '오빠' 사건 Y양 언니, 재환이성격 그대로 빼다박은 K군, 실제 장풍운, 시우 번외얘기 들려주신 넷상에서 만난 분, 심장병으로 고생하시는 J양의 친구 분. 그 외 등등 참 많은 얘기를 알려줘서 고마워요~!

몇 개는 허락 받지 못하고 쓴건데 나중에 알게 돼도 너그럽게 용서해줘~!! 그리고 아야™ 카페 회원 분들, 주미언니, 지연이. 예전 메일 주고받았던 분들, 지금도 완•결 감상메일 보내주시는 분들. 모두모두 감사해요!!

완•결을 수정하면서 다시 고등학생으로 돌아가고 싶던 적이 한두 번이 아니었습니다. 졸업한지 6개월밖에 지나지 않았는데 왜 그렇게 그리운지…. 말썽을 많이 피워 혼난 적도 참 많았는데 그래도 그것들이 오점으로 남을지는 몰라도 하나의 추억이니까요.

★영원히 살 것처럼 꿈을 꾸고, 내일 죽을 것처럼 오늘을 살아라.★

★오늘 내가 죽어도 세상은 바뀌지 않는다. 하지만 내가 살아있는 한 세상은 바뀐다.★